愛的
恩典之路

王壽南著

作者序

尋找真愛

開始閱讀本書之前，我想和大家先談談愛是什麼？

愛沒有定型，它是一種心態、一種感覺、一種心靈活動，它存在於任何環境下；它沒有年齡、性別、膚色的差別；它瀰漫在人世間，讓人世間充滿溫情和暖意；它像微風掛在人們的臉上，卻又有讓人搶生忘死的推力。人世間如果沒愛，這世界永遠是冰天雪地，寸草不生，永遠是黑夜陰沉，星火無蹤。愛是這世界的陽光，是這世界的甘霖，愛給這世界帶來活力，帶來希望。

愛究竟是什麼？有人說是喜歡。不錯，喜歡的確是愛的一部分，但喜歡並不等於愛，喜歡只是愛的最外層表面，像飲料杯子上的泡沫，你也許會欣賞泡沫的光鮮亮麗，卻未必喝得下杯子裡的飲料，因為杯子裡的飲料可能好酸、好辣、好澀、好苦。當你喝下這個杯子中的飲料，你會倒胃、嘔吐，這才發現那引誘你的泡沫只是幻影，只是誘餌。

許多中學時代的女生很容易迷上體育、影視、歌唱明星，因為她們喜歡這些「明星」，喜歡這些明星的亮麗風采，到處受到追逐式的崇拜，得到媒體的吹捧，好像身上都在發光，真是太迷人了，怎能不讓情竇初開的少女意亂情迷呢？

許多二十多歲的男孩喜歡漂亮的女孩，那些年輕貌美的女孩一顰一笑都會讓羨慕戀愛情境的少男心臟抖動，情不自禁地拜倒石榴裙下。

這些少男少女真的懂得真愛嗎？他們了解愛情是什麼嗎？他們只是喜歡對方，喜歡對方的外表，這種喜歡可以說是受到「色誘」而產生的結果，這種喜歡就像看到飲料杯上面的發光泡沫，是勾引你想去喝飲料的誘力，泡沫不等於飲料，美麗的泡沫未必是可口的飲料，甚至會是導致嘔吐或中毒的食物。

只由於喜歡而結婚的夫妻是很容易分離的，喜歡像水面上的浮萍，沒有根，隨水流而漂浮，如果能把喜歡轉化為愛情，這婚姻才像一棵樹，實實在在地深入泥土中。

所以，喜歡不等於愛。

愛是什麼？這個題目太大，古往今來許多人為這個題目寫過無數文章，甚至用生命來解答這題目，但至今仍沒有一個能涵蓋全局的答案，但愛有一個共同的特性，那就是：愛是願意為對方付出而不求任何回報。

中國人重視倫理生活，在家庭裡講究「父慈子孝」，「父慈」就是父母對子女的愛，但是中國家庭的教育，父母要兒子努力學習的用意是光宗耀祖，讓家族興旺起來，而且父母養育兒女，也要求兒子要奉養父母，於是有了「養兒防老，積穀防飢」的觀念，所以在中國社會觀念中，父母愛子女是有目的的，這目的是從自利的立場出發，我不是說這個有目的的愛不好，但純真的愛不講目的，不講利益。

我看見有一對中年夫婦，沒有子女，有一天，他們去參觀孤兒院，看見一個一歲多的小男孩獨自躺在地上哭，沒人理他，原來他是一個有殘疾的孩子，先天骨骼發育不健全，手和腳是彎曲伸不直，口齒講話也不清楚，父母生下他後就把他拋棄在孤兒院門口，被孤兒院收養，這對夫婦看小孩哭得可憐，便向前抱起小孩，這小孩看到有人抱他，就停住了哭聲，用眼睛直盯住抱他的女人，過了幾秒鐘，這小孩竟然裂開嘴露出笑容。

那位太太對先生說：「看這孩子很可愛，好像和我有緣，我們就收養他吧！」先生點頭，說：「好呀，就照妳的意思。」於是他們去找院長，辦妥了領養孤兒的手續，把這孩子帶回家了。

這孩子是殘障，又沒有發現他有什麼特殊的才能，卻是常常生病，這對夫妻對這孩子悉心照顧，沒有打罵，沒有抱怨，手把手扶養長大，到了六歲，他們推著輪椅送孩子上學，這孩子天分不很高，課業成績也不太好，他們沒有責難孩子，他們認為當收養之初覺得這孩子可愛，他們愛這孩子，明知他有殘疾，他這一生成長過程注定會是苦難，但既然愛他，就盡心盡力養育他，雖然照顧殘障孩子十分辛苦，他們卻是無怨無悔，這孩子長到二十歲由於心臟血管疾病死了，這對夫妻為孩子辦完喪事，灑了不少淚，他們為了愛，全心付出，不企求任何回報，這種愛才是真愛。

愛是付出，但付出要有節制，要懂愛的方向，如果沒有節制，沒有方向，只是一味付出，那便是溺愛，溺愛不是真愛。

在我的老家福建流傳一個故事，在清朝時代，有一個二十幾歲的年輕人因犯了強盜和殺人罪被判死刑，當時執行死刑是在廣場中斬首示眾，劊子手把囚犯押到廣場，廣場四周圍了許多看熱鬧的民眾，等時間一到，縣老爺下令，劊子手就舉刀砍頭。這時，囚犯的母親跑進廣場，抱著被綁住的兒子大哭。突然，囚犯對母親說：「娘，讓我吃一口奶好嗎？這是我最後的請求。」母親向來沒有拒絕過兒子的要求，顧不得害羞，便把自己的上衣撩起來，把右邊的奶送到兒子面前，囚犯張開口，對著母親的奶頭猛力咬下去，立刻鮮血噴了出來，母親大叫一聲，向後倒去。

站在旁邊的劊子手大吃一驚，趕緊把滿身是血的女人背了出去，縣老爺跑到囚犯面前，大聲吼道：「你在幹什麼？臨死還不孝悖逆。」囚犯流著淚說：「我娘從小愛我，什麼都順著我，養成我的自私自大，自以為是，我和小朋友打架，娘從不問誰對誰錯，她都說我是對的，還誇我勇敢，到我長大，去偷別人東西，她直誇我偷的東西好，後來我由偷變搶，由搶而殺人，落到今天的下場，我思前想後，是娘的溺愛害死了我。」

的確，溺愛是包了糖衣的毒藥，不是真愛。

在《聖經》裡明白指出「神就是愛」，神把愛的種子放在人的心裡，等待發芽結果。不過，人在成長過程中，受到文化的影響、生活環境的衝擊、罪的誘惑等等，讓愛往往會變了樣，使神放在人心中純真的愛變了形，變了質，甚至消失得無影無蹤。愛變了形，變了質，消失無蹤，都會給人類製造出陰暗、冷酷、殘暴的環境，在這種環境中生活的人會失去善良的人性，會喪失真善美的認知，這個世界將會如地獄般的悲慘。

尋回神賜給人的真愛，是當今世界上人類最急迫的事，有了真愛，世界才會光明美好，人才有真正的幸福。

本書是一本短篇小說集，我用感情在撰寫，在每寫完一篇後，總會讀給我的妻子吳涵碧聽，有時我會邊讀邊哭，涵碧也會兩眼淚汪汪，我們情不自禁地被愛的波浪在推動，引發了我們內心的波濤。

親愛的讀者，愛是神賜給我們的至寶，希望每個人都能珍惜這份至寶。

目次

恩典之路

一步又一步，這是恩典之路，祢愛，祢手，將我緊緊抓住。我要深深感謝上帝給了我的恩典。

十月底的夜晚，涼風陣陣，令人感覺到有了秋意。亞峰獨自穿過小公園，加完了班準備回家。小公園滿地落葉，走在小徑上發出「沙沙」的聲音，四周卻是一片寂靜。

忽然從遠處傳來嬰兒的哭聲，亞峰好奇地循聲尋找，在路邊垃圾箱旁，看見用小紅被包著的嬰兒，淡黃的路燈下，亞峰打開小紅被，沒有發現任何字條或物件，他迅速地把嬰兒包好。嬰兒已經不哭了，睜著一雙大眼睛看著亞峰，臉上露出笑容。亞峰抱起嬰兒直奔附近的警察局，也向值班的警察說明撿到一個嬰兒，沒有發現任何字條和物件，不知道這嬰兒的父母是誰。

警察對亞峰說：「這是棄嬰，最近發現了好幾個，我們也沒辦法處理，你要不要帶回家扶養，否則的話，我們就送到孤兒院。」

「孤兒院？」亞峰大聲回應，「不要，我來扶養。」

警察點點頭，「你願意扶養，很好，你把經過情形寫出來，先把孩子抱回去，留下你的身分證，我幫你為孩子辦報戶口的手續。你先給她取個名字。」

亞峰想了一想，說：「叫她蕭雲婷吧！」

抱著嬰兒走出警察局的大門，亞峰才惶恐起來，他自己還沒結婚，是個單身漢，要如何養一個小嬰兒，他完全不懂得怎麼照顧嬰兒，何況還要上班工作，哪有時間陪在嬰兒身邊，忽然，他腦海裡飄出育嬰中心的畫面，他記得在前面不遠的地方看過一個育嬰中心的招牌，何不把這個娃娃交給育嬰中心。想到這裡，亞峰毫不猶豫地趕往育嬰中心。

育嬰中心的褓姆問清楚了情況，表示願意接受托嬰，講好價錢後，便接過了嬰兒，對亞峰說：「這是個棄嬰，我來看看孩子的健康狀況。」說著就打開小紅被，轉動孩子的手腳，「這個小女娃身體健康。我要幫她換上我們院裡的衣服，幫她洗澡，餵她牛奶。我想她一定餓了，但她沒哭，真是個乖寶寶。」

回到家裡，亞峰坐在客廳發呆，內心卻是波濤洶湧，今天是他人生一個大轉捩點，他自己是個孤兒，在孤兒院長大，活到今天已經二十五年了，向來都是孤伶伶一個人，現在卻來了一個小女嬰，要跟著他生活，他沒有結婚，卻有了一個女兒，好奇怪啊！可是，這個家由一個人變成兩個人，會變成什麼樣子？想著想著，亞峰在沙發上，迷迷糊糊地睡著了。

從第二天開始，亞峰每天上班前和下班後都要到育嬰中心看雲婷。到了八個月時，育嬰中心表示不能再收雲婷了，要亞峰把雲婷帶回去，育嬰中心的褓姆很同情這個單親爸爸，便教亞峰如何給雲婷餵食、洗澡、換衣服等生活瑣事，並且告訴他如果真的照顧不了雲婷，可以找一個家庭褓姆寄養。

抱著雲婷走進自己的家，亞峰有一種說不出來的興奮，這個家忽然有了生氣，不再是他孤單一個人面對電視機了。他為雲婷沖了奶，讓雲婷先填填肚子，然後把雲婷放在嬰兒床上，他早就為雲婷布置了一間漂亮的房間，放了各式各樣的玩具。傍晚時，他幫雲婷洗了澡，然後餵了嬰兒食品，一切料理妥當後，亞峰抱著雲婷到附近的顧媽媽家，顧媽媽對照顧孩子很有經驗，自己有兩個女兒，都上中學了，所以最近兩年就接受別人來托養孩子，目前她家裡已經有個一歲大的女孩。

顧媽媽看了看雲婷說：「她很安靜。」

「雲婷八個月大了，在育嬰中心一點都不哭鬧，我今天中午帶她回家，沒聽到她哭一聲，還常常對我笑呢。」亞峰說。

「這種孩子很好帶，你就把她交給我吧，不過，星期六晚上你要來把她接回去，星期一早上再送來，星期天是我們全家團聚的時間，我們要去教會。」

「好的，好的。我每天都會來看雲婷一次，星期六晚上把她接走，星期一再送來。我也該有一點時間和雲婷相聚呀。」

顧媽媽突然想到一件事，「雲婷快要學講話了，她要喊你什麼？是不是叫爸爸？」

「不，不，」亞峰搖著頭，「我又不是她的父親，怎麼能叫爸爸，我只能算她的叔叔，就叫叔叔吧！」

「好，」顧媽媽點頭說：「我就教她說『叔』。」

三年時間飛快過去了，雲婷四歲了，漸漸懂事了，亞峰決定把雲婷接回家來，他花了高薪請了一位能幹的女傭阿吉，除了整理家務、料理餐飲之外，阿吉最主要的工作是照顧雲婷，但亞峰沒有把阿吉當傭工，而是很客氣地把阿吉當管家，且從未加以苛責，阿吉覺得自己被主人尊重，也就誠心誠意、忠心耿耿為這個家工作。

從幼稚園到中學，雲婷像是生活在童話世界裡的小公主，受到亞峰的寵愛，心裡想要什麼，亞峰總會滿足她，亞峰是一家貿易公司的董事長，生活富裕，也一直把雲婷視為最重要的人。每逢星期天，亞峰都會開車帶雲婷去郊外爬山、划船；或者看畫展、欣賞藝文表演，日子過得無憂無慮，但是雲婷並沒有恃寵而驕，她知道自己是棄嬰，叔叔也是孤兒，從小在艱苦的環境裡奮鬥向上，才有今天的成就，自己在叔叔的庇護之下，躲過了烈日和暴雨，她心裡總存著感恩的心。

她在初中一年級的時候，跟著亞峰一同進教會，教她許多《聖經》的道理，讓她知道上帝是創造宇宙的神，萬事萬物都由上帝掌控，每天睡覺之前她會跪在床上，喃喃自語地禱告，「親愛的上帝，親愛的主耶穌，感謝祢賜給我美好的一天，我原本是一個棄嬰，理應過著淒慘的生活，可是我今天卻過著如此溫暖美好的生活，這一切本不該是我擁有的，感謝主，都是主的恩賜，主賜給我一個那樣愛我的叔叔，賜給我那幸福的家，主啊！感謝祢，說不盡的感激。」

雲婷十五歲的那年，突然得了急性肺炎，住進了醫院，連著三天三夜高燒不退，呈現半昏迷狀態，偶而會清醒過來，不過轉眼又不省人事了，第四天上午，雲婷清醒過來，她聽到亞峰和醫生在床邊講話，醫生說：「雲婷的肺炎很嚴重，我開了最重的藥，幸好她年輕，又沒得過什麼重病，希望我的藥有效。」

「何醫師，請你務必用最好的藥，保險不給付沒有關係，我願意自付，不管多貴我都付。」亞峰說。

「藥要對症，貴的藥不一定有用。蕭董事長，護士告訴我，你三天三夜都守在病房裡，太辛苦了，你可以回家休息，這裡有護士和醫生二十四小時照顧，你可以放心。」

「謝謝何醫師。我還撐得住，雲婷出生後，除了嬰兒時期由褓姆照顧之外，四歲以後都和我在一起生活，從來沒有獨自在外過夜，她一個人在醫院我不放心，我一個人回家也睡不著。」

「你們父女感情真好，父女情深。」何醫師說。

亞峰立刻否認，「不，我們不是父女。」

「雲婷不是你的女兒嗎？」何醫師十分驚訝。

亞峰哽咽地回答，「雲婷不是我的女兒，她是我的命，何醫師，求求你一定要救雲婷，你也在救我啊！」

何醫師拍拍亞峰的肩膀，說：「你放心，我一定盡力，我知道這是一人兩命的事，我會……」何醫師邊說邊走出病房，亞峰也跟著何醫師出去。

雲婷用被子蒙住頭，淚水不住流著，亞峰的話「她是我的命」，像一隻針扎到雲婷的心裡，不是刺痛了心，而是讓全身血液沸騰，雲婷心中吶喊著：「叔啊，我知道你愛我，但沒想到我在你心裡竟是這樣重要，叔啊，我愛你！」

雲婷在醫院裡住了一個星期才痊癒出院。亞峰開車送雲婷回家。下了車，亞峰小心翼翼地一手握住雲婷的手，一手護著雲婷的腰，雲婷心裡忽然有種說不出的感覺，這不是叔，這像是新郎在護著新娘啊！

「雲婷啊，回來了，恭喜妳康復了。」照顧雲婷十幾年的阿吉跑出來迎接，「我給妳準備了補身體的食物，妳要把健康補回來。」

雲婷笑著回答，「阿姨，謝謝妳啦！」

光陰似箭，轉眼雲婷中學畢業了，輕鬆地考上臺北一所大學的中文系，雲婷喜歡中國古典文學和現代文學，她認為自己十分適合去念中文系。

大學對雲婷來說是快樂的園地，比起中學來，不但服飾自由開放，連思想觀念也變得活潑多元了，雲婷長相清秀脫俗，氣質高雅，卻又溫柔謙和，樂於助人，所以人緣極好，同學間無論男、女都喜歡接近雲婷。

在大三那年的暑假中，有天晚上，亞峰沒回家吃飯，雲婷吃完飯便獨自在客廳裡看電視，快到九點時，亞峰回來了，雲婷跑到門口去迎接，發現亞峰身後有個女人跟了進來。

「雲婷，」亞峰笑著指向身邊的女士，「我來給妳們介紹，這位是鄭小姐，這是雲婷。」

「妳好。」雲婷向鄭小姐微微彎了腰。

鄭小姐主動向前握住雲婷的手，仔細看了雲婷，說：「妳叔叔常提到妳，真高興見到妳，果然好漂亮，真是個小美人。」

雲婷擺脫了被握著的手，說：「我還有事，要回房間去了，不打擾你們談話，我會叫阿姨給你們泡茶。」

雲婷回到自己房間，感到有點暈眩，她坐在沙發上閉起眼睛，耳朵裡有打雷一般的聲音。不知過了多久，雲婷覺得有人在拍她的肩膀，原來是亞峰進來了。

亞峰問道：「雲婷，不舒服嗎？」

「沒事。」雲婷搖搖頭。

亞峰帶著些微的興奮問道：「雲婷，妳看鄭小姐怎麼樣？」

「什麼怎麼樣？」

「我是問妳，妳覺得鄭小姐好不好？」

雲婷突然站起來，對著亞峰大聲叫著：「不好。」

亞峰有些訝異雲婷的反應，拍拍雲婷肩膀說，「別激動，鄭小姐和我的公司有業務往來，只是普通朋友，她聽我談到妳，想見見妳，我就帶她來了，沒事沒事。」

突然，雲婷抱住亞峰，大哭起來，「叔，我怕。」

亞峰問：「妳怕什麼？」

「我怕叔會離開我。」

亞峰一邊拍著雲婷的背，一邊安慰，「不會，我永遠不會離開妳。」

之後，亞峰再也沒提起過鄭小姐，也沒再帶任何女人回家。

雲婷的大學生活很快就結束了，她要求亞峰參加她的畢業典禮，亞峰立刻答應了。

畢業典禮的那天，亞峰陪雲婷一起去學校，雲婷穿著學士服，和亞峰拍了好多照片，雲婷把亞峰介紹給她的同學們，典禮結束後，亞峰公司有重要的事必須先離開，他囑咐雲婷說：

「晚上我已訂好了餐廳，要為妳慶賀，妳先回家，我大概五點會回來，我們一起去餐廳。」

典禮結束後，系主任在系會議室辦一個茶會歡送畢業同學，雲婷和同學們都回到系裡，脫下黑長袍學士服的雲婷穿了一件白紗小禮服，立刻吸引了全場的目光，大家都圍了過來，指手畫腳地評論雲婷的小禮服。

有人問：「雲婷，這件小禮服很貴吧？」

「真的很貴，試穿的時候店員告訴我價錢，貴得嚇人，我趕緊脫下來，不料叔已經付了錢。」雲婷說。

一個尖嗓子冒出吸引大家的注意，「哎呀，妳叔真愛妳。雲婷，妳叔慷慨大方，長得又英俊瀟灑，像電影明星，妳就介紹我當他的女朋友吧！」

一句話說得大家哄堂大笑。

帶著淡淡的甜味，雲婷走出校門，她滿心盼望穿著這件小禮服參加晚上的宴會，雖然她知道晚宴上只有他們兩個人，但那有什麼關係，她心想，「我打扮就是要給叔看的。有沒有其他人，我才不在乎。」

大學畢業後，雲婷進了一家出版公司當編輯，雲婷很喜歡這份工作，雖有壓力，卻是樂在其中。

有一天晚餐時，雲婷對亞峰說：「叔，你知道現在最熱門的電影是那一部嗎？」

亞峰回答道：「我知道，是凌波和樂蒂演的《梁山伯與祝英台》。」

「沒錯，這部電影賣座好得不得了，全臺灣電影院搶著放映，據說臺北市有一家電影院連映三個月，幾乎場場客滿，報上登了一條小道消息，說有大學名教授看了一百場。」

「我在公司裡無意間曾聽同事們談起這部電影，誇獎得不得了，最近公司在擴展業務忙得很，很久沒陪妳去看電影了，真對不起，要不要吃完飯我們就去趕一場晚場？」

「好啊！」雲婷高興地回答。

這時阿吉端出來一盤水果，說道：「你們好久沒去看電影啦，吃了水果再去還來得及。」

亞峰拿起一片西瓜，對阿吉說：「那麼我們就去看最後一場，回來會很晚，阿吉，妳辛苦了一天，就早點休息，不用等我們！」

阿吉點點頭，「那我把事情都做完就去睡啦，你們要記得帶鑰匙哦！」

「阿姨，我會忘記帶鑰匙，叔是不會忘的。我們自己開門進來，妳別掛心。」

電影散場，亞峰和雲婷回到家已經快半夜十二點了，阿吉早就睡了，雲婷泡了兩杯茶，和亞峰在客廳坐下來。

「叔，累了吧！」雲婷遞上茶，「喝杯茶再去睡。」

亞峰伸伸腰，「不累，雲婷，妳覺得這電影還好嗎？」

雲婷喝了口茶說：「很好，凌波和樂蒂都演得很好，曲子也很好聽，看起來黃梅調會流行起來，叔，你看呢？」

「戲很好，只是結局太慘了，梁山伯和祝英台能不能不要悲劇收場呢？」

「我對梁山伯和祝英台的感情有點想法，他們兩人最初的感情只是同窗同學，尤其是梁山伯，當在學堂裡讀書時，不知道祝英台是女生，他愛祝英台完全是同學之愛，是兄弟之愛，兄弟之愛也會很濃很重，後來結束學業，回到祝英台家，才發現祝英台是女生，於是梁山伯的兄弟之愛忽然轉化為男女之愛，這種感情的轉化才造成了悲劇。」雲婷說。

「妳分析得真好，但如果梁山伯的感情沒有轉化，還維持兄弟之愛，悲劇就不會發生了嗎？」亞峰問。

雲婷搖搖手說：「不，不，我不是這個意思，感情會轉化，這是人性，梁山伯和祝英台的悲慘下場是外在大環境造成的，不是感情轉化造成的。我的意思是說，人和人的感情是會轉化的。轉化沒有什麼不好，只是轉化常常會引起外界的反對，因為轉化是一種改變，改變會招致親友們的排斥。」

「雲婷，我了解妳心裡的意思了，妳是說我們的感情也在轉化了！」

雲婷坐到亞峰身邊，緩慢又謹慎地說出心中的話，「叔，我們的感情真的在轉化，你收養我的時候，你是在愛護一個小生命，你養我、育我，是付出了做父親的愛，我們的感情是父女之情，等我漸漸長大成為一個女人時，你的感情在不自覺地轉化。你一直沒有交過女朋友，而你是個正常的男人，男人會希望有個女性伴侶，於是你漸漸地把身邊那個小女孩視為小女人，將父女之情轉化為男女愛情，當你確認了這個轉化之後，便勇敢堅執守住這份轉化的結果，不再回頭。」

這時，亞峰眼中滿是淚水，握住雲婷的手，「雲婷，妳真是我的知心人，分析我對妳的感情轉化完全正確，但我對妳的感情由父女之愛轉化為男女之愛是緩慢的，連我自己都沒發覺我在轉化，妳怎麼會發現？」

雲婷用手整理了一下頭髮，然後慢慢地解釋：

叔，你還記得我十五歲那年得了肺炎，住進了醫院的事嗎？

有一天，我從昏迷中醒過來，正好聽到你和醫生在床邊講話，你說我是你的命，當時我聽了很感動，躲在被子裡哭了一陣子。等我上了大學，漸漸地瞭解男女間的愛情是沒有任何東西可以比擬的，如果勉強要比，那便是命，梁山伯為愛情而死，祝英台為了愛情跳進墳墓結束自己的性命，愛情的終極是性命相連。

叔對醫生說我是你的命，我這才悟出來，叔對我的感情已經逐漸轉化為男女的愛情。至於我自己，感情也在轉化，從幼年時代，我把你當成父親，等我到了十七八歲，進入少女時期，我開始有了少女的夢想，渴望有個白馬王子，享受戀愛的滋味，但是我左盼右顧，許多男生在我身旁前後閃動，卻挑不起一絲戀愛之火，突然有一天我發現了，我身邊有一個親密的情人，那就是你。

叔，你還記得鄭小姐來我們家，我對她那麼無禮，她走了以後，我抱住你大哭，大叫「我怕，我怕你離開我。」我的這些舉動都是直覺反應，我為什麼排斥鄭小姐，我為什麼怕你離開？因為你不是我爸爸，在我心裡你已經轉化成為我的情人，如果我還把你當我的父親，女兒是不能反對單身的父親和別的女人結婚的，而且父親縱使結婚也不會不要他的女兒，但我的心已經轉化了，你不是我的父親，你是我的情人，情人是有獨占性的，是排他的，我那天的表現已經明白地顯露出我的感情在轉化，你或許感覺到了，所以再也沒有帶任何女人來看我。

前天我打開你書桌的抽屜想找指甲刀，無意間看到一張卡片，卡片上寫了一首詩，是你的字跡，這詩寫著：「迷茫徬徨人生路，不見來跡與去途，夢裡尋他千百遍，回頭猛見金星紅。」詩後還有小註：「送給雲婷，不知妳看得懂嗎？舉首盼望嫦娥，不料嫦娥竟在桌前菱鏡中。」我看完卡片早已滿臉是淚水了。叔，我現在確定你深深愛我，我也堅定地把你當情人，我們何必咫尺又相思呢？

叔，我們結婚吧！

亞峰緊緊握住雲婷雙手，望著雲婷說：「妳不嫌我太老了嗎？」

雲婷搖頭說：「不，絕不。你還記得你去參加我的畢業典禮嗎？同學們都說你英俊瀟灑，像電影明星，有男人的魅力，有人還要我介紹她做你的女朋友呢！」

「妳不嫌我老！雲婷，我們結婚吧。」亞峰攔腰把雲婷抱起轉了一圈：「我太高興了，我可以抱妳，親妳，大聲說我愛妳。」說著親吻住雲婷的雙唇，雲婷全身像觸電一樣，她從小被亞峰抱過，只有溫暖的感覺，今天卻是從未有過的激動，全身竟在顫抖。

很久很久後，兩人鬆開了手，幾乎同時說：「我們結婚吧！」

「雲婷，妳要改口了，別再叫我叔，叫我亞峰吧！」他要求著。

第二天，亞峰和雲婷就開始籌畫婚禮，由於兩人價值觀念一致，所以沒有任何爭執，就順利決定了。他們決定幾個原則：一、婚禮分兩段，下午在教堂有正式的結婚儀式，請牧師證婚，晚上在臺北最豪華的酒店宴客。二、為了請雲婷的同學參加婚禮，顧念他們才畢業，經濟能力很薄弱，決定婚宴全部不收禮金。三、婚宴時，雲婷要上臺致詞。

婚禮那天，一切照計畫而行，晚上酒宴開始前，司儀向大家宣布：「新娘致詞。」所有的賓客都楞住了，只見身穿白紗禮服的新娘雲婷走上臺，拿起麥克風說：「各位貴賓，很少有新娘在婚宴上講話的，但我今天要向各位貴賓說一說我心裡的話。」

這時全場肅靜下來，大家都注視著新娘雲婷，只見她緩緩地說：「今天我和亞峰結婚，很多人在議論，認為亞峰和我差了二十五歲，都可以做我的爸爸了，我和亞峰結婚，可能是受了亞峰的壓迫，不得不嫁給他。我在這裡要慎重地向大家宣告，不是這樣的，坦白告訴大家，是我主動向亞峰提出結婚的要求，也就是說是我向亞峰求婚的。」

全場上出現一陣騷動，很快就恢復了安靜，雲婷繼續她的致詞：

我是一個出生幾天就被父母拋棄的孤兒，亞峰在一個公園的垃圾箱旁撿到了我，他把我抱回去撫養，二十幾年來，他以單身男人的身分撫養我、育我、愛我，讓我成長，由嬰兒到幼童、從小女孩到少女，我都在一個溫暖的家裡長大，在成長的過程中，我對亞峰的感情也由父女之愛漸漸轉化為男女之愛，所以才走上紅毯。

也許大家會問我是不是由於感恩之心才愛上亞峰？我可以告訴各位，絕對不是，我愛上亞峰是愛上他的善良、正直、品德、執著和負責，亞峰是個十分善良的人，他經常捐款給慈善機構，他自己也是在孤兒院長大，因此長期捐款給收養他的孤兒院，十幾年前他開始幫助兩個孤兒，供給他們生活費、學雜費，從未中斷，去年這兩位都獲得碩士學位，這些事亞峰從不對人說，因為他認為，為善不求回報，又何必宣揚呢！

亞峰是品德極高尚的人，他從不做違法的事，不做對不起良心的事，也不做不合《聖經》原則的事；亞峰也是一個負責任的人，大概十五年前，他的公司出了件大事，公司的財務主管捲款潛逃，把公司百分之八十的錢都席捲一空，逃到國外去了，這對公司打擊太沉重了，幾乎要破產，人心惶惶，員工們都緊張得不得了，亞峰召集了公司裡六十幾個員工一起來開會，亞峰說：「公司裡出了這不幸的事，制度上一定有大缺失，要檢討並趕快修補。目前最重要的事是維持公司正常營運，我不隱瞞大家，現在公司是發不出薪水的，但我會努力去籌款，解決問題，只要我有一口飯吃，決不會讓你們挨餓。」在亞峰的努力下，公司很快就渡過難關、恢復正常營運。

亞峰的這些德性我想是任何女性都會渴求和愛慕的，如果我只是有感恩之心，我大可一直做他的女兒，但女兒在結婚後是會離開父親的，而我一生都想在亞峰身邊，我不要離開他，我要做他的妻子才能和他終身相守。也許有人會問，亞峰大妳二十五歲，不會太老了嗎？不會有代溝嗎？

我可以回答你，男人的年齡不應該用時間年月來計算，要用精神意志力來計算，有些男人四十幾歲就彎腰駝背，聲短氣虛，像一個老人，但有些男人到八十歲是直身挺腰，處事精明，像個英勇的將軍，亞峰大我二十五歲，二十五歲又算什麼，有人四十歲就病故了，摩西八十歲還帶領二百多萬以色列人渡過紅海，為以色列人創造新局面。人的生命不是自己能決定的，是上帝決定的，只要上帝應許，相差二十五歲的情人也可以白首偕老，至於我和亞峰之間有沒有代溝，我可以確定地回答：沒有，我跟在亞峰身旁長大，我接受他的薰陶，受他人格的感染，在長時間影響下，我的人生觀、價值觀、行為模式都和亞峰一樣，我常常自覺我的外在表現是受亞峰影響的反射。

有一次我對亞峰說：「我們兩個人除了身體不相連外，我們的思想、觀念和行動怎麼都那麼像，好像一個人的樣子。」亞峰回說：「是愛，妳真心愛我，我真心愛妳，愛把我們的心融在一起，妳我的思想觀念也融在一起了。」

也許有人會說，妳把亞峰說得那麼好，像是聖人一樣，妳是在崇拜亞峰，把亞峰當成心中的偶像，未必是愛情吧？我是佩服亞峰，崇拜亞峰，這和愛情沒有牴觸呀，一個妻子如果佩服自己的丈夫，崇拜丈夫，他們夫妻的感情一定會很好，其實我也想過我對亞峰是不是真的男女之愛，我是不是在戀愛？我念大學的時候，有好幾次有男生來請我去吃飯或喝咖啡，但是我都沒有接受他們中任何一位第二次約會，不是他們不好，無論外表、無論談吐，他們都是很好的男孩，值得做男朋友，我為什麼不接受他們的第二次？也許是他們沒有觸動我的感情線，這就像一般人說的「不來電」，其實更重要的原因是我在每次約會完後，總是有一種內疚感，甚至說有一種罪惡感，最初，我自已也奇怪為什麼有這種感覺，為什麼要內疚？這些男孩都很有禮貌，他們沒有親熱的舉動，甚至連手都沒觸碰過，我為什麼內疚呢？當我最後一次和男生約會回家，看到亞峰站在院子裡，似乎在等我，我忽然有種想跑過去抱他的衝動，這時我才領悟到我的男朋友就是亞峰，剛才和那個男孩在咖啡館的約會不是背叛了亞峰嗎？原來我的內疚和罪惡感是來自這裡。我確信我是在戀愛中，我的愛人就在我身邊，多麼幸福啊！

各位貴賓，最後我要說一句感謝話，我是被父母遺棄的孤兒，感謝上帝的恩典，讓我活到現在，我和亞峰都是虔誠的基督徒，我們一生都走在主的道上，謹遵神的訓示，凡是《聖經》禁止的事我們都不會做，上帝和耶穌給予我們的使命我們會全力以赴，我要懇請天父繼續賜福給我，讓我的婚姻幸福美滿。

各位貴賓，耽誤了各位寶貴的時間，聽我說完心裡的話，也要請大家為我和亞峰祝福，謝謝！

如雷的掌聲隨著雲婷的鞠躬響起。

這時有一個人快速上了講臺，用宏亮的聲音說：

各位貴賓，我是夏牧師，我今天下午為這對新人證婚時，還不知新娘雲婷姐妹自已講的故事，聽了雲婷姐妹的故事，我想再補充幾句話。雲婷姐妹出生就被父母拋棄，幸好上帝張開手接住了她，《聖經》裡有一句話：「我父母離棄我，耶和華必收留我。」這句話正是雲婷姐妹的寫照，上帝派了天使來救助她，那天使便是亞峰弟兄。

這又讓我想到另一件事，上帝造人，先創造了亞當，然後取出亞當身上一根肋骨，造了一個女人，就是夏娃，上帝要夏娃成為亞當的妻子，夏娃既是從亞當的肋骨造成的，兩人是真正的骨肉，中國人把兒女叫成骨肉，其實照《聖經》的說法，夫妻才是真正的骨肉，骨肉是人與人最親密的關係，所以夫妻就是最親密的人，由夫妻造成子女，也是極親密的人，雲婷最初把亞峰看成父親，後來成為夫妻，這像亞當看到夏娃，會有一種父親看到女兒的感覺，然而上帝要夏娃成為他的妻子，亞當完全順服，便把夏娃作為妻子。

今天的故事很像人類始祖的故事，只不過亞峰不是雲婷的父親，雲婷和亞峰沒有血緣關係，從人情上說雲婷被亞峰養大，算女兒也能被大家接受，雲婷依靠亞峰長大，可算是亞當身上的肋骨，這肋骨離開亞峰，上帝也可以比照夏娃的模式，讓亞峰和雲婷成為夫妻。所以，亞峰和雲婷結婚是合法、合理、合情的事，一定會受到上帝的祝福。總之，亞峰和雲婷的這段人生經歷是上帝在冥冥中的安排，一步一步走上紅毯，這真是奇異的恩典。

夏牧師的話引來熱烈的掌聲，新娘雲婷再度拿起麥克風，用帶著激動的語氣說：「謝謝夏牧師，為我和亞峰解開了些心中的不安，我今天能步上紅毯和亞峰結婚，我要感謝亞峰對我的照顧和愛護，如果沒有亞峰，我這朵被拋棄的小花早已枯乾死亡了，當然，我更要感謝上帝，如果神不派亞峰來當我的天使，如果神不在我的人生路上照顧我，庇護我，我一定早就凋零了，我要深深感謝上帝給了我的恩典，現在我想唱一首詩歌：〈恩典之路〉，表示我內心深深的感謝。」

祢是我的主，引我走正義路，高山或低谷，都是祢在保護。萬人中唯獨，祢愛我認識我，永遠不變的應許，這一生都是祝福！

一步又一步，這是恩典之路，祢愛，祢手，將我緊緊抓住；一步又一步，這是盼望之路，祢愛，祢手，牽引我走這人生路。

這首詩歌是教會裡常唱的讚美詩，來賓大多數都會唱，大家也就跟著雲婷一起唱起來，禮堂裡歌聲嘹亮，夾雜著感動的哭聲、歡樂的笑聲和興奮拍手聲，混雜在一起久久不散。

陽光照進了病房

禱告是對上帝和耶穌講話，只要心裡相信上帝，相信耶穌，神一定會聽到。

一九七八年二月，舊曆春節剛過，臺灣東海岸的花蓮仍在寒風籠罩之下。

在一所醫院的病房裡，有三張病床，其中一張床躺著陳老闆，一張躺著吳牧師，還有一張床空著。陳老闆和吳牧師正在聊天，這時，護理人員推著病人進來，安排在空的病床上，一個女人哭哭啼啼地跟著進來。吳牧師很關心地問那個女人發生什麼事。

女人回答說：「這是我的兒子小雄，今年十歲，他生下來心臟就有問題，醫生說要趕快開刀，最近檢查，他的心電圖很不正常，恐怕心臟病很快會發作，如果不趁早動手術，等發作就危險了。可是醫生說這是個大手術，費用很貴，除了健康保險支付之外，自己還要付二十萬元。我的丈夫是打漁的，前年出海打漁，遇到颱風，船沉了，丈夫也沒回來了。我們家很窮，縣政府安排我到清潔隊工作，每個月領八千元，勉強養活我和兒子，我實在付不出二十萬手術費呀！」說完又痛哭起來。

「妳叫什麼名字？」吳牧師問。

那女人回答說：「我叫黃桂枝。」

吳牧師說：「桂枝，妳先別急，我們大家來幫妳想辦法。教會本來應該幫助弱者，可惜我的教會太窮，沒法幫妳的忙，我是牧師，我自己的收入很少，每個月都入不敷出，昨天我的太太還對我說，家裡沒米沒錢了，要我趕快去借點錢過日子，唉！這怎麼辦呢？」

吳牧師嘆著氣在病房裡走來走去，不斷搖頭，忽然，他停了下來，對陳老闆說：「陳老闆，你是有錢人，你幫幫桂枝的忙好嗎？」

陳老闆躺在床，閉著眼，當成沒聽見的樣子。

吳牧師仍然繼續，他開始對陳老闆講一個發生在美國的故事：

一九三五年美國紐約地方法院在審判一個案子，一名六十歲婦人因偷竊了一家麵包店的麵包，當場被店員捉住，送到警察局，警察把婦人送到法院，法官審問後，判老婦人有罪，罰款美金十元或拘禁十天，任選一項。

老婦人回答法官說：「我願被拘禁十天，因為我連一塊錢都沒有，繳不起十元的罰款。但是……」老婦人說著哽咽起來，「但是……我的丈夫和兒子都死了，女兒生了病，女兒的兒子，也就是我的外孫，他今年才五歲，我沒有工作，沒有收入，孫子餓得在哭，我才去偷麵包想給孫子吃，現在如果我被拘禁十天，我的孫子在家真不知道會發生什麼事……。」

當時紐約市市長菲奧雷諾正坐在法庭下面旁聽席上，見到這個情景，立刻站了起來，對在法庭旁聽的幾十名群眾說：「我很同情被告，身為紐約市長沒有照顧好我的市民，我感到愧疚。」說著摘下戴在頭上的帽子，又從口袋裡拿出十元鈔票，放在帽子裡說：「這十塊錢送給老太太，代表我對她的歉意，可是，各位在座的市民們，我們紐約市出了這樣可憐的人，她也是紐約市民，難道你們忘記了《聖經》裡耶穌說的：要愛你的鄰舍嗎？如果你是基督徒，就放五毛錢在帽子裡，幫助你的鄰舍吧！」市長說完了，立刻響起了滿場的掌聲，大家紛紛到市長面前投下五毛錢，當時共收到四十七元五角，全給了老婦人。

吳牧師講完故事後看著陳老闆，陳老闆睜開眼睛說：「吳牧師，我知道你講這故事的用意，但是今天桂枝要的是二十萬，不是十元，不是五角，二十萬是個大數目！而且我做當鋪生意，經營當鋪的人有一個原則，就是收多付少，收一件物品估計值十元，當鋪老闆會說當六元，所以我做的買賣是要穩賺不賠才行。如果我借給桂枝二十萬，她的工資那麼少，孩子太小不會賺錢，我看她一輩子也還不起二十萬元。」

吳牧師說：「這不是做買賣，不是賺錢的問題，這是愛心呀！」

這時，陳老闆的太太突然跑進病房、氣喘喘地說：「糟了，你快起來，兒子出事了。」

「慢點，」吳牧師上前拉住陳太太，「陳老闆手上還在打點滴，不能亂動。」

「怎麼回事？妳慢慢講。」陳老闆也著急起來。

陳太太急切地說：「阿平今天一大早就和同學去爬山，剛才阿平的同學來告訴我，阿平和他們走散了，不見了，他們都下了山，等不到阿平，他們也不知怎麼辦，就各自回家了。你看現在天都快黑了，阿平還是沒回來，怎麼辦？」

陳老闆也急了，手有點發抖，「這……怎麼辦？我躺在這裡不能動，否則我上山去找他。」

吳牧師站在陳老闆的床邊說：「陳老闆，別著急，陳太太，妳現在到警察局去報警，請他們派員警上山搜查。」

陳老闆猛點頭，「對，對，報警，阿平如果困在山上一晚那不是會被凍死了嗎？太太，快去報警！」

陳太太很快去警察局報了案，可是她說不出是哪座山，花蓮西面都是山，幅員廣闊，要到何處去找？於是警察局打電話給所有山區的派出所，請派出所去搜尋，由於沒有任何線索，只知道有個十六、七歲的男學生在山區裡失去聯絡，派出所實在無法搜尋，只好守株待兔了。

這一晚，陳老闆在病房裡心急如焚，上床躺一下又下床走動，吳牧師在旁邊不斷安慰他。陳老闆說：「我和我老婆年過半百，只生這一個兒子，萬一不幸，我豈不是絕了後嗎？老天爺呀，我一生沒做過什麼大壞事，請饒了我吧！」

吳牧師拍拍陳老闆肩膀，「別激動，我們來禱告吧！坐下來，誠心地向上帝禱告，我說一句，你跟著說一句。」

陳老闆遲疑地問：「我一輩不相信有神，禱告有效嗎？」

「只要你心裡相信上帝，相信耶穌，禱告是你面對上帝和耶穌講話，上帝和耶穌一定會聽到的。」

於是吳牧師和陳老闆坐在自己的床邊，都閉著眼，一同禱告。

禱告了將近三十分鐘，陳老闆跟著吳牧師說，一句一句都很清楚，聲音穩重，表情十分虔誠。

當他們禱告完了，發現有一個細微的女人聲音，他們睜開眼一看，原來桂枝正跪在地下，也在禱告。

吳牧師說：「桂枝，妳也在禱告嗎？」

桂枝站了起來，「牧師，我也是基督徒，我在為陳老闆的兒子禱告。」

陳老闆一聽，淚水盈眶，不禁哽咽地說：「桂枝呀，真是謝謝妳。」

第二天早晨，陳太太進了病房，滿臉疲憊，「我昨天一直到半夜都在警察局，看他們到處打電話幫我找阿平，都沒消息，他們要我回去休息，有消息會立刻通知我。但我回家躺下去，完全睡不著，天一亮就趕來醫院看你。」

陳老闆緊握住陳太太的手，「我跟妳一樣，一個晚上沒睡，不過，吳牧師和桂枝幫我們禱告，我心裡就安定多了，我相信上帝會保護阿平，讓他平平安安地回來。」

到了下午三點鐘，忽然病房門打開了，警察帶著一個年輕人進來，那是阿平。阿平立刻撲倒在媽媽懷裡，陳老闆也下床抱住阿平，三人互相摟住大哭起來，吳牧師也陪著掉淚，桂枝則跪在地上對窗外磕頭。

過了一會兒，大家的情緒穩定後，警察對陳太太說：「陳太太，我們把阿平安全送回來了。」

陳老闆和陳太太對警察千謝萬謝。

陳老闆拉住兒子的雙手說：「阿平呀，你嚇死我們了，坐下，喝口水，講一講發生什麼事？」

十六歲的阿平，個子不高，是個瘦弱型的青年人，他喝了一口水，坐了下來，開始講他的歷險記：

昨天上午，我和四個同學去爬山，那是什麼山，我們不知道，只是好奇想上山玩玩，到了下午，我們也不知道走了多遠，到了一個小山頂，大家都不想再走，這時飄起了一點毛毛細雨，有人說不要走原路下山，走小路比較快，於是就走小路，小路其實不是路，只是從草叢裡找到一些人走過的痕跡，走在草上是很滑的，加上有雨水，很不好走，我的體力不好，他們都走得快，我走在最後，越拉越遠，走到一個很陡的地方，我腳下一滑，一屁股就坐下去，那裡的泥土又鬆又軟，還會往下滑，我就連滾帶滑往下掉，我嚇得大叫，可是沒人來救我，我一直滾到半山腰才停住，腳和手都磨破了，好痛，坐在地上，動彈不了。

這時天慢慢黑下來，山上的冷風直吹過來，好冷喲，我全身都在顫抖，心想如果一晚都坐在這裡，也許會冷死，也許會被野獸咬死，我越想越害怕，我忽然想起來英文老師在課堂上跟我們說，如果遇到危險的時候，趕快叫「天父救我」，天父就是上帝，但是我又沒信基督教，上帝會救我嗎？但當遇到有生命的危險時候，只好試試看，於是我大聲叫著「天父救我」，上帝沒有回應，可是對面卻傳來「天父救我」的迴音。

我嚇了一跳正呆住時，忽然一道強光照在我臉上，讓我睜不開眼睛，原來是手電筒的光，有一個高大的男人站在我面前，用溫柔的聲音問我：「你怎麼啦？」我回答說：「我從上面滾下來，膝蓋好痛，站不起來。」

那個人說：「前面不遠就有人家，我背你過去。」說完就背起我往前走。走了大約十幾分鐘，果然看到有幾間小屋，那人就敲了敲其中一間小屋的門，一個老先生開了門，那人進入屋內，把我放在床上，老先生拿了杯熱水給我喝，又拿了幾根烤得熱烘烘的番薯給我們吃，我這時才知道背我的是林牧師，那老先生是林牧師的叔叔，長年住在山上，所以林牧師每個月要來送食物和日用品。

這小屋只有一間房，放了兩張單人床，林牧師叫我和他同睡，因為我們兩個人睡一張小床，林牧師幾乎是抱著我睡，才不會被擠下床，我發覺這也很好，兩人抱在一起很暖和，我身上的寒冷感覺漸漸消失了，而且我被林牧師抱著，有很大的安全感，趕走了我的恐懼，不知不覺中我就睡著了。

今天早晨起床，我覺得膝蓋不痛，可以走路了，但林牧師不讓我走，堅持要背我下山。大約走了一個多鐘頭，到了一個小部落，找到部落的頭目，頭目說昨天晚上派出所打電話來問，於是林牧師向頭目借了一部機車，載著我到警察局，然後警察就帶我到醫院來了。

阿平一口氣把歷險經過說完，媽媽摟著阿平說：「林牧師是你的救命恩人，我們要去謝謝他。」

「林牧師的教會就在我們家附近。」阿平說。

「感謝上帝聽到我的禱告，派了林牧師當天使來救你，等我出了院我們全家上教堂，現在先帶阿平去檢查一下有沒有受傷。」陳老闆說著就和陳太太拉著阿平出去，剛走到門口，陳老闆忽然停住腳，轉頭對桂枝說：「桂枝，妳需要的二十萬元我借給妳，不，不，不是借，我送給妳，不要妳還。」

桂枝喜出望外，跪下來，不斷磕頭。

吳牧師也跪在床邊禱告，兩行淚水止不住在流。陽光從窗戶照了進來，整個病房溫暖了起來。

媽媽，我好想妳！

妳的愛都灌注給孩子，我們自己雖然沒生孩子，妳卻是最偉大的媽媽。

玉蓮坐在書桌前，望著媽媽的照片，眼中滿含淚水，喃喃自語，「媽媽，我好想妳！妳回來陪我吧！這個房間很大，空空的，冷冷的，我怕，媽，抱我！」

玉蓮是個十歲的小女孩，媽媽去年生病死了，爸爸李家祥今年又結了婚，玉蓮有了個繼母，繼母叫林淑美，比爸爸大十歲。玉蓮的爸爸在一家建築公司做倉庫管理員，生性懦弱，沒有什麼才能。

林淑美的前夫是一家鋼鐵公司老闆，十分富有，心臟病突發過世後淑美繼承了丈夫全部遺產，成為公司董事長。她有個兒子，叫胡荃安，才考上大學。

淑美看上李家祥相貌斯文俊秀，老實又懦弱，容易掌控，而家祥也垂涎淑美的財富，當淑美提出結婚的主意時，家祥立刻舉雙手同意。家祥在妻子死後半年就和淑美結了婚，婚後搬到淑美的大豪宅中，當然也帶了玉蓮過來。

淑美派家祥擔任鋼鐵廠廠長，鋼鐵廠二十四小時開工，所以家祥必須住在廠裡，很少回家，這讓玉蓮經常見不到爸爸。

淑美從小嬌縱，脾氣暴躁，做了董事長以後，更是盛氣凌人，像個女暴君，家祥唯命是從，不敢對抗，而且因為整天在鋼鐵廠裡，夫妻倒也相安無事。

有天傍晚，玉蓮在房裡擦著流不停的眼淚並不斷唸著：「媽媽，我好想妳。」突然，荃安跑了進來叫著：「玉蓮，吃晚飯囉！」

玉蓮站了起來，走了兩步，覺得頭暈，趕快用手扶著牆壁，荃安走到玉蓮面前，見玉蓮臉色慘白，額頭冒汗，便問道：「玉蓮，妳怎麼了？我來扶妳。」

玉蓮說：「有點頭暈，沒事，你先去，我馬上就來。」

荃安有點不放心，但還是先走了。

玉蓮搖搖晃晃地走出房間，經過客廳，朝餐廳走去。突然又一陣暈眩，人便跌坐在地上，手肘撞到立著的大花瓶，「砰！」一聲，花瓶倒地碎了，淑美和荃安從餐廳跑過來，淑美一見花瓶打碎了，玉蓮坐在地上，顯然花瓶是被玉蓮撞倒的，便勃然大怒，吼叫起來，「死丫頭，妳把我的古董花瓶打破了，這可是我花了兩百萬買來的。」

荃安在旁邊說：「媽，玉蓮是頭暈，不小心撞到花瓶。」

淑美一掌揮過去，打了荃安一記耳光，吼道：「你閉嘴！」這一巴掌打得荃安倒退兩步，用手摀住臉，呆住了。

這時，女傭阿春拿了掃把出來，準備把花瓶碎片掃掉，淑美一把將阿春手上的掃把搶過來，倒握住掃把，用掃把的桿子狠狠向玉蓮身上打過去，根本不擇部位，便是一陣亂打，玉蓮大哭大叫，在地上翻滾。不多時，玉蓮趴在地上不動也不叫了，鼻子、嘴巴大量流出血來，染得地上一片紅。

阿春跑上前來，看看玉蓮，對淑美說：「董事長，玉蓮昏倒了，而且大量出血，趕快救人啊！」

淑美也呆住了，打死了玉蓮，自己豈不是殺人兇手？那可不得了，轉頭對荃安下令，「快，打電話叫救護車。」

荃安早已嚇得發抖，聽媽媽一聲令下，立刻撥電話叫救護車。救護車很快就來了，把玉蓮抬上車，救護人員要求一個家屬隨行到醫院，淑美叫荃安隨車前去。

救護車把玉蓮送到馬偕醫院，立刻做了各種檢查，並為玉蓮止了血，醫生告訴荃安，玉蓮受傷很重，右腳、左手和肋骨都折斷，要立刻動手術，請玉蓮的父母趕快來。

荃安知道媽媽是不會來醫院的，便立刻打電話到工廠找玉蓮的爸爸。

「李叔叔，」荃安對著電話大叫：「我是荃安，玉蓮現在在馬偕醫院急診室，你趕快過來。」

家祥在電話那邊叫著：「玉蓮出事啦？我立刻過來，你等我。」

大約半個多小時，家祥趕到醫院急診室，醫生告訴家祥，玉蓮的右腳、左手和肋骨都嚴重骨折，肺部還在出血，要立刻動手術，等家屬簽同意書。家祥馬上簽了字，玉蓮就被推進手術室。

家祥向荃安問清楚事情的經過，不斷地搖頭嘆氣，他想這次婚姻是個錯誤，但他畏懼淑美，又貪戀淑美的家財，自己比淑美小十歲，將來一定是淑美先死，自己就可以繼承億萬家財了，玉蓮雖然受了苦，卻也顧不得了，他不想也不敢和淑美鬧翻。但是，玉蓮今後的生活怎麼辦呢？他想到玉蓮有個姨媽，也就是前妻的姐姐，名叫徐惠文，一直很喜歡玉蓮，何不把玉蓮交託給姨媽收養。於是，家祥打電話找惠文姨媽，請她趕快來醫院一趟。

深夜十一點多鐘，徐惠文和丈夫曾毓元趕到醫院，玉蓮仍在手術中，家祥把玉蓮被打成重傷的經過講給惠文和毓元聽，惠文邊聽邊流淚，家祥講完了，向惠文和毓元跪下，流著淚說：「姐姐、姐夫，我要懇求你們一件事。」

惠文把家祥拉起來，「家祥，不要激動，玉蓮會平安的，你不要太擔心。」

家祥說：「姐姐、姐夫，我承認我這次結婚是錯誤的，玉蓮不可能跟淑美生活下去，我想把玉蓮交託給姐姐、姐夫，不知道姐姐、姐夫能不能幫忙？如果不行，我只好送玉蓮到孤兒院了。」

惠文望了望丈夫毓元，沒想到毓元竟對她點頭。惠文一直很疼愛玉蓮，自從妹妹亡故之後，她一直擔心玉蓮，只是家祥一再表示他會照顧玉蓮，對惠文的關心並不在意，惠文也不便緊盯，漸漸地就疏遠了，尤其是家祥再婚以後，惠文就沒有和家祥聯絡過。

「惠文，」這時毓元開了口，「我知道妳喜歡玉蓮，其實我也很喜歡，我們自己沒生孩子，就把玉蓮當我們親生的吧！」

惠文點點頭，對家祥說：「等玉蓮的傷好了，就到我們家去住。不過，你告訴你老婆，她不可以來找玉蓮，我們跟你老婆沒有任何關係。」

這時一個警察走了過來，對毓元說：「醫院通知我們說，這裡有家暴受傷的孩子。」

一個護士走了過來，回道：「不錯，這是孩子的家屬。」

毓元說：「警察先生，我是孩子的姨父，這是孩子的爸爸，孩子是被繼母打了，但是我們不想把這事當成司法案件，我們家庭會自己處理，免得孩子受到更大的傷害。」

警察看了看大家，點點頭說：「這樣也好，你們就自己解決吧，可是事情可別鬧大了。」警察說完就走了。

天快亮了，醫生從手術室出來，大家一起跑向前去，醫生說：「病人左手、右腳和兩根肋骨都斷裂，鼻樑骨受傷，頭部和身上多處撕裂傷，都做了手術，大致沒有生命危險，要在加護病房三天，觀察有沒有腦震盪，手術室旁邊有個恢復室，你們可以進去。」

家祥、毓元和惠文一起進入恢復室，只見玉蓮頭上、身上都裹著紗布，插著管線、並吊著點滴。

家祥在病床前跪下來說：「玉蓮，爸爸對不起妳，也對不起妳死去的媽。」說完就大哭起來。

此時，醫護人員走了過來說：「不要干擾病人休息，你們出去吧！」

不久，玉蓮被推進了加護病房，家祥、惠文、毓元在加護病房停留了幾分鐘就被趕了出來。

惠文對家祥說：「你回去吧，醫院的事我和毓元會負責，玉蓮出了院就直接到我家，你就別管了。」

家祥開車回到工廠，進到自己房間時已是上午九點鐘，起身到工廠轉了一圈，工廠各部門都在正常運作。家祥回到辦公室後感到頭好重，桌上放了幾份卷宗，也沒心情去看，靠在椅背上，疲倦、悲傷襲來，家祥覺得整個身體飄了起來，腦海裡出現細微的聲音，「家祥啊！你的人生走到那條叉路上去了？你該跟淑美結婚嗎？你是貪圖她的億萬家財，你想不必辛苦打拚就得到富貴，你和淑美根本沒有愛情，是被貪婪牽著走，那是魔鬼撒旦的路！」家祥搖搖頭，他分辨不出來是自己在說話，還是別人在對他說話。

不知道過了多少時候，天漸漸黑下來，家祥走出辦公室，管事務的老郭看見家祥就跑上來說：「廠長，你臉色不好，還沒吃飯吧！來，我請你到門口的小館去喝兩杯，提提神。」

家祥渾渾噩噩地跟老郭去了工廠對面的小飯館，老郭點了幾道菜和一瓶高粱酒，兩人就喝起酒來，喝了幾杯，家祥感到全身發熱，有點飄飄然的感覺。一頓飯吃完，家祥搖搖晃晃地回到廠裡的臥房，倒頭便睡了。

從此，家祥就染上了酒癮，每天晚上都要買幾樣滷菜和一瓶酒回房獨飲，喝醉了，倒頭便睡。

過了一個多月，有一天某家公司的老闆請家祥到臺北吃飯，家祥去了，一桌客人大都是家祥認識的，大夥兒喝酒的興致很高，每個人都喝了不少。散席以後，外面下著大雨，家祥醉眼朦朧，開著車上了高速公路回工廠。

雨水不停地打在玻璃上，雨刷都來不及刷。突然家祥看到遠方路旁站著一個長髮女人，那是玉蓮的媽媽惠安，「惠安，妳怎麼在淋雨，我來接妳。」家祥喚著，然後猛踩油門，向前衝去。「碰！」一聲巨響，家祥的車子衝出了高速公路的護欄，車子摔落深谷，當場車毀人亡。

玉蓮在姨父毓元和姨媽惠文的照顧下逐漸康復，沒有留下任何後遺症。毓元和惠文把玉蓮看成自己的女兒，讓她慢慢從懷念母親的悲傷中走了出來。

惠文覺得該讓玉蓮有個人生的目標，於是帶玉蓮去了臺北的一間大教會，讓玉蓮能受基督教的薰陶，除去對繼母的恨意。玉蓮對《聖經》很有興趣，有空閒就會去讀《聖經》，星期天也會去教會做志工。

平淡的時間容易過，轉眼玉蓮順利地大學畢業，她喜愛孩子，有意於基礎教育工作，所以念的是教育系，畢業後，她放棄中學教職而改到小學去任教。

同時間玉蓮在教會裡認識了趙建業，是一位十分優秀的青年，為人誠懇負責，熱心助人，在一家電子公司擔任工程師，比玉蓮大六歲。有次玉蓮和建業被指定擔任教會中特會的資訊文宣工作，玉蓮負責文案設計工作，建業負責影像聲效工作，成績極佳，受到甚多好評。從此，兩人常在一起聊天，他們談自己的成就歷程、談理想、談人生價值，發現彼此是那麼契合，他們沒有時下年輕人那種喜好時尚、遊樂的特性，而是追求對社會的奉獻。經過三年的相處，他們由相識而相愛，終於步上紅毯。

結婚以後，建業和玉蓮感情越來越好，生活十分美滿，唯一的缺憾是沒有生孩子，建業和玉蓮都喜歡孩子，可是結婚五年，玉蓮就是沒懷孕。他們決定到去醫院檢查，結果是建業不能生育，這個結果讓夫妻倆遭受重大的打擊，有很長一段日子，建業都是垂頭喪氣，雙眉緊皺。

有一天晚上，建業忽然對玉蓮說：「我們拜託醫生，請醫生物色一個年輕男人，我們出高價買他的精子，請醫生把他的精子植到妳的體內，妳就可以懷孕生孩子了，玉蓮妳覺得好不好？」

玉蓮一聽就猛搖頭，「不好，不好，我寧可不生，也不要懷別人的孩子。」

「好啦，好啦。」建業摟住她，「玉蓮，別激動，我只是說說而已，妳認為不好，那就算了，我絕對不會勉強妳的。」

「建業，」玉蓮望著建業，「不要為孩子的事老在責備你自己，看著你整天愁眉苦臉的樣子，我的心好痛。建業，有沒有子女都是神決定的，神既然讓我們沒有子女，我們要順服神。我願意嫁給你，只有一個原因，就是我愛你，我雖然喜歡孩子，但我不是因為喜歡孩子而嫁給你，是因為愛你這個人而嫁給你。如果兒女會影響到我們的感情，我寧可不要生兒女，我只要你，建業呀，不要為生孩子的事再自怨自艾了。恢復到我們原有的甜蜜生活吧！」

建業抱住玉蓮大哭起來。

從此以後，建業和玉蓮再也沒有提到生孩子的事，兩人又回到甜蜜幸福的生活。

過了幾個月，有天建業下班回家，對玉蓮說：「今天有一位陳律師打電話給我，他說我叔叔上個月在加拿大去世了，他在臺灣立過遺囑，遺囑裡交待他在桃園龍潭有一塊地和房屋要贈與我，陳律師約我星期天一同去看房屋，玉蓮，妳也一起去吧！」

「你叔叔不是我們婚禮時也來了嗎？」玉蓮問。

「是的，他十年前就移民到加拿大去了，當時特別趕回來參加我們的婚禮。叔叔對我很好，放假的時候常常帶我到各處去玩，叔叔沒結婚，單身一人，常來家吃飯，爸爸只有這一個弟弟，兄弟感情極好，叔叔很喜歡我，常給我買東西，我有印象，好多次叔叔在路上遇到朋友，朋友摸著我的頭對叔叔說，這是你的兒子嗎？叔叔雖然搖頭，卻笑得很開心。」

「好，我們一起去龍潭。」

星期天，陳律師親自開車帶建業和玉蓮到龍潭，這時的龍潭還是一個未開發的山區農村，從臺北開車到龍潭一路都很荒涼。叔叔留下的房屋很大，有八個房間和客、餐廳，每間都很大，不知道當初叔叔蓋這幢平房是什麼用途，除房屋外，四周還有大院子，院子裡雜草叢生。

從龍潭回來，建業和玉蓮整個晚上都在討論該如何使用這幢房子，自己居住？出租？出售？改建民宿？都不太合適。玉蓮突然提出一個想法，「建業，我們用這房子來辦一間孤兒院好不好？」

建業說：「孤兒院？好主意，我們自己沒生兒女，辦孤兒院那不等於收了一大堆兒女嗎？那可真是好事。叔叔的房屋很大，我們可以從小規模做起，這事我喜歡，我贊成。」

「可是，不是有房子就可以辦孤兒院，辦孤兒院要將房子重新改裝，要供應孩子衣食住行，都要花錢，孤兒院不是我們兩個人可以照顧得了，我們要有很多人幫忙，人那裡去找。」

「玉蓮，妳想得很周到，孤兒院不是有房子就辦得起來的，最重要的還是要有錢和有人相配合，看來這事要從長計議，玉蓮，這就把它當成我們共同的理想吧！」建業緊緊握住玉蓮的手。

時間又過了一年，有一天晚上，建業回家，看到飯桌上的菜都擺好了，連忙向玉蓮道歉，「對不起，我回來晚了，董事長找我去談話。」

「別著急，先喝口茶，再吃飯。」玉蓮遞給建業一杯茶，讓建業在餐桌前坐下來。

「我先告訴妳一件好消息，說完再吃飯。」建業喝了口茶，用紙巾擦了擦臉，「董事長告訴我，我去年提出一份改良我們公司某個產品的報告，其實是我在原產品上添加一個小配件，這小配件是創新的東西，算是我的小發明，可以讓原產品的功能大大增強，公司採用了我的小發明，又向政府申請專利，董事長告訴我，專利權已經拿到了，還要向美國、歐盟去申請，董事長說，為感謝我的貢獻，公司特別給我一百萬作為獎勵金。」

「哇！偉大的建業！」玉蓮拍著手，上前擁抱住建業，給了深深的一吻。

在吃飯的時候，建業神采奕奕地對玉蓮說：「我忽然心裡起了一絲希望，我們可以試著辦孤兒院了！我們不是討論過，辦孤兒院除了房子外，還要有錢和人嗎？我算過我們這幾年積蓄了大約一百萬元，現在公司發給我一百萬元，一共兩百萬元，兩百萬元雖然不算多，但用來裝修布置房屋應該可以應付，當然我們還得想辦法去募款，來支付日常費用。」

玉蓮聽得津津有味，接口說：「兩百萬可以讓孤兒院開張，但不能靠這點錢長久維持下去，必須再想辦法，至於人力問題，孤兒院要許多人幫忙，我們付不起工資，我想我們可以找教會幫忙，教會裡的弟兄姐妹都是很熱心的，辦孤兒院是好事，在《聖經》裡，耶穌不是一再說到要幫助孤兒嗎？所以辦孤兒院是神所喜悅的事，我們向教會求助，教會一定會伸出援手的，神也會給我們指引，我們為這件事多多禱告吧！」

第二天下午，建業和玉蓮去找張牧師，張牧師聽說他們兩夫妻要憑一己之力來辦孤兒院有點吃驚，又很欽佩他們的勇氣，很誠懇地說：「你們想做的正是主耶穌喜悅的事，神一定會保守你們，讓事情順利進行，我會請全教會的弟兄姐妹們一同來為你們代禱。但你們要求人力的支援……」張牧師遲疑了一下，「臺北距離龍潭太遠，這裡的人力恐怕難以支援，但我可以介紹龍潭分會的劉牧師幫忙，我想他一定會樂意協助你們的。」

在張牧師的介紹下，建業和玉蓮來到完全陌生的龍潭教會，劉牧師聽了建業的構想，表示十分敬佩，劉牧師說：「這裡是一個尚未開發的山區農村，經濟狀況很不好，教會和教友們都沒錢，但我們的弟兄姐妹們都有熱情，我想大家會出力來協助你們完成神的事工，我把這消息告訴大家，請你們兩個星期後再來看結果。對啦，你們剛才說要把房屋整修成合適孤兒院使用的隔間和裝修嗎？你們找到了整修工程的人嗎？」

「沒有，」建業搖搖頭，「我們在臺北找到一間整修房屋的公司，我們把房屋大小和用途告訴他們，他們估價要三百萬元，超過了我們能負擔的金額，所以還沒談成。」

劉牧師說：「我們教會有一個姓林的弟兄是做土木工程和營造的，去年我們教會要整修，那位林弟兄願意接下工程，我也悄悄地找了一個民間工程行來估價，結果民間工程行的估價高出林弟兄幾乎一倍，我們就把工程給了林弟兄，現在工程做完了，大家都很滿意。你們要不要和林弟兄談談？」

「那太好了，就請劉牧師給我們介紹吧！」建業說。

於是，劉牧師帶建業、玉蓮去找林弟兄，說明了情況和需求。接著帶林弟兄去實地勘察，他屋前屋後，仔細觀察、測量了好幾遍，大概花了一個多小時，然後請大家一起到院子的草地上坐下來。林弟兄告訴大家，他打算把原有隔間全打掉，隔成十個房間和一個大廳、一個飯廳、一個廚房、三個浴廁間，水管和電管全部換新。十個房間中六個房間做孩子的臥室，每個臥室有兩張單人床、兩張書桌、椅子和置物衣櫃，另外四間做老師和褓姆的臥房或辦公室。

全屋的電線和水管全部換新，以策安全。最後，林弟兄表示這只是他自己的構想，大家可以提出修正意見。

建業說：「我們會根據林弟兄的構想來思考有什麼地方要修改。不過，我們最關心的是這樣要花多少錢？這孤兒院是我們倆夫婦獨自創辦的，我是一家公司的工程師，我妻子是小學老師，我們不是有錢人，背後又沒有金主支援，財力實在很單薄。我們自不量力想創辦孤兒院，孤兒院每天要開支，卻沒有收入，要維持孤兒院實在是辛苦的重擔，我們夫妻倆做這種傻事，一方面是我們深深體會到孤兒的可憐，更重要的是我們受到耶穌就是愛的精神感召，於是我們奮不顧身，願意把全人奉獻給社會，奉獻給上帝。」

林弟兄站了起來說：「聽了趙弟兄的話，我好感動，我也是基督徒，自覺得好慚愧，除了參加主日崇拜之外，我沒有什麼奉獻給神。你們辦孤兒院，這是耶穌常說的要愛護孤兒，這也是善事，我願意盡一份力，你們孤兒院的整修我只收材料費和工人的工資，利潤全部不要，算是我奉獻給神。」

建業、玉蓮和劉牧師都站了起來，建業說：「林弟兄，這事就講定了，請你多幫忙，讓孩子們有個家。」

這天晚上，建業和玉蓮在客廳裡計畫孤兒院未來的業務，兩人都十分興奮。

「我們先要到縣政府登記立案。」玉蓮說。

「我們用什麼名稱？孤兒院不好聽，育幼院有點像幼兒園，何況我們收的孤兒不一定是幼兒。」建業說。

玉蓮點頭，「我們收容兩類孩子，一是父母雙亡的孤兒，一是被父母家暴而無處可以寄養的孩子，年齡在十歲以內。我們收養他們到十八歲或到大學畢業，所以我們不是育幼院。」

建業接著說：「還有我們不要讓孩子們有孤兒的感覺，不要養成自卑、自憐的心理，要讓孩子們生活在一個大家庭裡，所以我也不贊成用育幼院。」

「你這一講忽然給我一個靈感，可不可以叫『暖愛園』呢？表示我們這裡是一個溫暖而有愛的家園。」

建業拍起手來，「好，好，『暖愛園』很好，就叫它『暖愛園』吧！不過，最多只能收十二個孩子。」

「等我們籌到更多的錢，可以把長了雜草的院子加蓋一幢房屋，暖愛園就可以擴大了。」

「這事不急，我們要把每一個收容的孩子帶好，長大成人，我們求精不求多。不過，玉蓮呀，暖愛園建成以後，妳就是園長囉，還顧得了現在的工作嗎？」

玉蓮想了一想說：「我只好辭職了，我勢必要搬到暖愛園去住，要跟孩子們生活在一起呀！」

「不曉得公司讓不讓我辭職，我想和妳一起住在暖愛園。」

暖愛園的裝修工程順利進行，教會的弟兄姐妹有二十五個人報名當志工，玉蓮調查了這二十五個人的專長，開始設計各人擔任的工作。

經過半年，暖愛園裝修完成，油漆粉刷後顯得雅緻美觀，縣政府社會局的官員前來參觀暖愛園，都讚賞不已，社會局送來八名孩童，都是孤兒，最大的十歲，最小的三歲，一切安置妥當，就準備正式啟用了。

這天晚上，建業下了班就趕到暖愛園，想趕緊對玉蓮說明辭職不成的緣故，「我今天向董事長提出辭呈，董事長問我為什麼要辭職，我告訴他要去辦孤兒院，董事長說我還年輕，工作能力又強，現在辭職跑到鄉下去帶孩子，是浪費了自己的專業能力，對不起社會，所以他讓我不要辭職，並願意捐助孤兒院五十萬，略表心意，以後孤兒院如果有財務上的困難，他還會支持，但是我不能辭職。」

建業嘆了口氣，接著說：「玉蓮，我看我短時間內辭不成了，不過後來我再思考，站在我們的立場看，我好像也不該辭職，因為如果我們兩個人都辭職，就都沒有收入，暖愛園是沒有薪水的，大家都是志工，那我們生活靠什麼？所以我還是要有一份薪資和獎金。」

「我也不贊成你辭職，你還年輕，正是施展你專業才能的時候，退下來太可惜，暖愛園我來負責，你放心，我相信我應付得過來。」

「那我每個星期六和星期天都回暖愛園來幫忙。」

暖愛園正式開幕的日子到了，沒有安排活動，但是很多教會的弟兄姐妹和龍潭鄉民前來祝賀，一整天都是熱熱鬧鬧的氣氛。有一個報社的記者聞訊跑來採訪，第二天，報上登出了暖愛園的消息，記者報導了玉蓮創辦暖愛園的經過，並強調這是一對沒有雄厚財力支持的平凡夫妻所做的義舉，希望社會善心人士給予暖愛園捐款支援。

報紙新聞是有影響力的，給暖愛園的捐款陸續來到，大概有幾十筆，不過都是小額捐款，總數只有幾萬塊錢，對暖愛園幫助不大。

星期六下午，建業來暖愛園，玉蓮和建業談到財務問題，玉蓮說：「我昨天晚上結了一下帳，目前我們的存款只剩下五十五萬。要感謝林弟兄，裝修費只收一百二十萬元，前兩天臺北教會一位弟兄來暖愛園參觀，他是建築師，看了我們房屋的裝修情形，認為最少要花二百萬元左右，林弟兄實在是賠本為我們裝修。現在暖愛園收了八個孩子，其中六個要上小學，孩子們要添置衣服和學校用品，另外兩個孩子一個兩歲、一個三歲，要為他們布置一個小玩具間，買些玩具。另外八個孩子和志工們的伙食費用，加上零星費用，數目還不少，暖愛園開門到現在不到一個月，已經花掉五十幾萬，當初我們規劃時沒想到維持費用竟如此高，建業，我們以後怎麼長期下去呀？」

建業翻了翻帳冊，說：「沒想到維持的費用那麼多，我原以為我們手上的兩百萬可以讓暖愛園撐很久，玉蓮，妳已經夠節省了，但再省也不能苦了孩子。玉蓮，我們禱告吧，求神幫助我們，神為我們開了路，指引我們創辦了暖愛園，神一定會讓我們在這條路上走下去，神不會撇下我們的。」

那天晚上，孩子們都睡了，志工們也把各項工作都做完，有的志工回家去，有兩位褓姆志工則留宿在暖愛園。建業和玉蓮在房間裡掛著的十字架前跪下禱告，祈求神能幫忙解決暖愛園的財務危機。

第二天是星期日，建業、玉蓮和褓姆志工帶著八個孩子上教會做主日崇拜。下午，大家回到暖愛園，忽然，玉蓮接到一個電話，竟然是荃安打來的。

電話那端傳來荃安的聲音：「妳是玉蓮嗎？我是荃安。」

玉蓮興奮地叫起來：「哥，我是玉蓮，你怎麼會找到我？我們有二十多年沒見了，你還好嗎？阿姨還好嗎？」

荃安說：「我們的確有二十多年沒見了，媽病了，而且病得很重。」

玉蓮焦急地問：「病了？什麼病？住在那裡？」

荃安說：「肝癌，已經是末期了，癌細胞也擴散了。醫生說大概只能再撐一兩個月，現在住在耕莘醫院的安寧病房，媽對我說，她好想見妳一面，不知道妳願不願意去看媽？」

玉蓮急促地回答：「我去，我現在就去。」

掛了電話，建業好奇地問道：「是誰的電話？」

「是我繼母的兒子荃安哥的電話，他說我繼母病重，想見我一面。」

「就是那把妳幾乎打死的女人嗎？」

玉蓮點點頭。

建業問說：「妳不恨她嗎？那是要妳命的兇手。」

玉蓮搖頭，「我已經原諒她了。建業，你開車送我去吧！我交待一下今天值班志工，今天晚上我們可能不回暖愛園，要他們多小心照顧孩子們。」

建業開了車在公路上奔馳，將近兩個小時後，終於到達耕莘醫院，玉蓮對建業說：「你回家去，我單獨去看阿姨，看完阿姨，我會打電話給你，我也許回家住一晚。」

玉蓮單獨一人進了醫院，找到安寧病房，一個護士帶她進入病房。

踏入病房門，玉蓮看到躺在病床上的是一個面色蠟黃，滿頭白髮的老婦人，那完全不像她記憶中的阿姨，這時荃安迎了過來說：「玉蓮，妳來了，謝謝妳，媽剛醒。」

玉蓮走到床前，叫了一聲：「阿姨。」

林淑美伸出一雙枯乾的手，緊緊握住玉蓮，眼角的淚水止不住流出來。玉蓮拿面紙為淑美拭眼淚，輕柔地說：「阿姨，別難過，妳的病會好的。」

淑美用微弱的聲音說：「玉蓮，我不是為我的病難過，我是因為看到妳肯來看我，我心裡很激動。玉蓮，我知道我最多只能再活一兩個月了，我想見妳一面，我死了也心安。」

玉蓮說：「阿姨，別這麼說，妳好好養病，我會常來看妳的。」

淑美說：「謝謝妳，我壓在心頭想要跟妳說的一句話是：請原諒我，當年我年輕氣盛，脾氣暴躁，才做出那件錯事，我對不起妳，請妳原諒我，請妳不要恨我。」說著就哭起來了。

玉蓮再用面紙為淑美擦眼淚：「阿姨，我是基督徒，耶穌教導我們要愛人，要原諒別人的過失。阿姨，我早就原諒妳了，我沒有恨妳。」

淑美握住玉蓮的手，緩緩地說：「玉蓮，有妳這句話，我就安心了。其實，幾年前我就想看看妳，可是不知道妳在那裡，昨天荃安說在報上看到一個消息，說妳靠個人財力辦了一個孤兒院，那是很吃力的事，所以報上寫著希望大家能幫助妳，讓孤兒院長期維持下去。玉蓮，我聽荃安告訴我這個消息心裡好高興，妳不但活得很好，還有心做這麼大的善事，讓我好欽佩；而且我找到了妳，向妳請求原諒的心願或許可以達成了。所以我要荃安趕快找妳，希望在我死前能見妳一面。」

荃安這時插嘴說：「媽，我今天剛才兩點多鐘打電話到龍潭，說媽想見玉蓮，玉蓮二話不說，就趕到醫院來了。」

淑美望著玉蓮說：「玉蓮，謝謝妳原諒了我，我很想為我從前犯的罪找個贖罪的機會，我想要捐一點錢給妳的孤兒院，我昨天要荃安算算我名下可用的錢還有多少，今天荃安告訴我有八千萬，玉蓮，我就把八千萬捐給妳，給孤兒院做生活費用，也贖贖我的罪孽，玉蓮，請妳不要拒絕好嗎？」

聽到淑美要捐八千萬給暖愛園，玉蓮感動得哭了出來，口裡直說：「謝謝阿姨，謝謝阿姨，妳真是雪中送炭，孩子們都會感激妳的。」

淑美說：「玉蓮，妳放心去做救孤兒的事，我叫荃安幫助妳，有困難的時候，荃安會支持妳。」

玉蓮緊緊握住淑美的手，不斷地謝謝謝。

晚上，玉蓮回到自己的家，立刻向建業描述和阿姨見面的經過，當然也說阿姨要捐八千萬給暖愛園。

建業叫了起來，「八千萬！這可是個大數目。這樣暖愛園可以堅持下去了，感謝主！」

一天早上八點鐘，孩子們都上學去了，玉蓮在暖愛園整理客廳，忽然聽到有哭聲，她去查看孩子們的房間，發現美鳳趴在床上哭，八歲的美鳳是個孤女。

「美鳳呀，妳怎麼啦？為什麼不上學？是不是身體不舒服？」玉蓮走到床前，摸一摸美鳳的額頭，沒發燒。

「我想媽媽！」美鳳哭叫著：「媽，我好想你！」

美鳳的哭叫聲像一根針刺痛了玉蓮的心，十歲那年她被繼母淑美打得幾乎沒命，在被打之前，她不也是這樣哭著叫著嗎！玉蓮的眼淚止不住滾了下來，她抱起美鳳，兩張淚臉貼在一起。

哭了一會，玉蓮拿出面紙，把美鳳和自己的淚水都擦乾了，柔聲在美鳳的耳朵旁說：「美鳳，別哭了，現在我就是妳媽，我愛妳，我會照顧妳，妳可以找我聊天，妳想要什麼都可以跟我說，我是妳媽。」

「媽！」美鳳大哭起來，緊緊地抱住玉蓮，「媽，妳不要離開我，我好怕！」

「美鳳，別怕，媽不會離開妳，媽會保護妳，媽愛妳！」玉蓮輕拍著美鳳，美鳳仍在輕聲哭泣，過了很久，美鳳在玉蓮的懷中睡著了。

玉蓮輕輕撫摸著美鳳的秀髮，眼眶裡又充滿了淚水，眼前一片迷茫，彷彿看到媽媽在向她招手，斗大的淚珠滴落在美鳳的頭髮上，玉蓮喃喃自語：「媽，我看到妳了，我知道妳要對我說什麼，媽，我知道妳愛我，妳不放心我在這世界上受苦，媽，我會把妳的愛傳下去，讓我的兒女在愛裡長大。媽！」

天氣真是晴雨不定，早上還是豔陽高照，下午卻下起雨來。三點鐘，玉蓮在暖愛園整理孩子的房間，忽然接到電話，是學校的石老師打來的。

「石老師，我是玉蓮。」玉蓮對著電話說。

石老師在電話裡說道：「李園長，羅泰成出了點事，妳可以現在來學校一下嗎？」

「好，好，我立刻就來。」玉蓮說。

羅泰成是暖愛園第一批孤兒中年齡最大的，今年十歲，個性好勝逞強，是個有潛力卻又很難帶的男孩。玉蓮不知道泰成是不是和同學起了衝突，趕快穿上雨衣，準備到小學去。在門口，見蘇阿姨正抱著一大包雨衣要去學校給孩子們送去，玉蓮說：「蘇阿姨，妳把羅泰成的雨衣給我，我也要去學校。」

暖愛園距離學校不遠，走路只要五分鐘就到了。

到了學校，玉蓮看到石老師正站在教室門口向她招手，玉蓮有點緊張地問：「石老師，泰成出了什麼事？」

石老師帶玉蓮到教師的辦公室，對玉蓮說：「今天班上有同學說，他鉛筆盒裡的幾支彩色筆不見了，我叫全班同學都把書包拿出來，一一搜查，結果在羅泰成書包裡找到了。這件事我沒有張揚，同學們知道筆找到了，卻不知道是羅泰成偷的，我的用意是想這事不要報訓導處，如果報訓導處，偷竊要記過的，羅泰成是個好強好勝的孩子，如果記了過，在公告欄上張貼出來，恐怕會大大打擊羅泰成，這會影響羅泰成未來的人格成長，所以我約妳來，討論一下如何處理這事。」

「石老師，謝謝妳立即通知我，」玉蓮深深向石老師鞠躬，「感謝石老師顧念羅泰成，我也認為這事不宜張揚，我會回去好好處理，我來管教羅泰成，今後也請石老師多多注意他，讓這孩子不要走到岔路上去。」

石老師和玉蓮走回教室，正好下課鐘響，原本下課後的降旗典禮因為下雨，國旗早降下了，所以學生就直接放學回家。一群背著書包的孩子從教室裡湧出，準備回家。羅泰成也在學生群中，看見玉蓮，臉上露出害怕吃驚的表情。

玉蓮走到泰成面前，「泰成，下雨了，我給你送雨衣來，穿上吧！」

泰成迅速穿上雨衣，和玉蓮一同走出校門。一路上，兩人都沒講話，很快就回到暖愛園。

脫下雨衣，玉蓮叫泰成到禱告室，玉蓮和泰成都跪在十字架前，玉蓮閉著眼開口禱告：「親愛的主，今天泰成犯了大錯，他偷了同學的彩色筆，偷竊是罪，幸好石老師善良仁厚，沒把事情張揚開來，也沒有把泰成送到訓導處，但偷竊的行為是主所不允許的，主呀，請祢寬恕泰成的罪，他只是一個十歲的孩子，他會懺悔改過，主呀，請主不要責罰泰成，我願意為泰成領罪。」玉蓮邊禱告邊磕頭，額頭不斷觸地，不久，額頭破了，血流在地上。

「媽，妳不要再磕頭了，妳額頭流血了。」泰成上前抱住玉蓮，一邊大叫，「于阿姨，媽流血了。」

于阿姨跑進禱告室一看，立刻拿了紗布、膠帶來把玉蓮的傷口貼住，于阿姨也沒問什麼就走了。

泰成跪在玉蓮腳前，哭著說：「媽，我錯了，我會向主認罪，媽，也請妳原諒我，今天的事，我永遠不會忘記，以後我一定步步小心，不再做錯事、走錯路。媽，我知道妳愛我，為我的錯而妳自願受責罰，謝謝妳，媽！」泰成趴在玉蓮的膝蓋上痛哭流涕。

「泰成，不要哭了，」玉蓮摸著泰成的頭，柔聲地說：「泰成，你是我們家裡的老大，你要做榜樣給弟弟妹妹們看，在未來的路上，你要帶領弟弟妹妹，你要行得正，站得穩，為我們的家立下好的家風。」

玉蓮拿了兩張面紙，擦乾自己的眼淚，也為泰成拭擦乾淨，然後去打開禱告室的門。玉蓮發現門外有幾個孩子站著，眼中都是好奇的眼神。玉蓮對孩子們說：「大家都進來，我有話和你們講。」

孩子們都進入禱告室，玉蓮說：「大家一定很奇怪，我和泰成關在禱告室裡這麼久，是在幹什麼？我告訴大家，今天泰成在學校做了一件錯事，所以我帶泰成到禱告室來向上帝懺悔。孩子們，泰成是你們的大哥哥，你們在學校裡或家裡遇了不能解決的麻煩，可以來找媽媽，也可以找大哥哥幫忙。孩子們，暖愛園就是你們的家，這個家是溫暖又可愛的家，你們都有一個爸爸，一個媽媽，還有兄弟姐妹，大家要相親相愛，好不好？」

「好！」孩子們齊聲喊著。

有一天，晚餐後，幾個孩子正在客廳裡看電視，玉蓮忽然聽到孩子的房間傳來爭吵聲，玉蓮循聲而行，發現小珮和寶琪在房間裡爭吵，玉蓮趕緊進去：「寶琪、小珮，妳們在幹什麼？」

爭吵立刻停了下來，寶琪搶著說：「媽，小珮罵我是豬，我就回罵她是猴子。」小珮說：「媽，寶琪胖得像個豬，我可不像猴子。」

玉蓮揮揮手要兩人安靜下來：「妳們兩人不要吵了，妳們同睡一間臥室，是姐妹呀，姐姐不可以罵妹妹，妹妹也不可以罵姐姐，姐妹要相親相愛，不是批評對方。我小時候如果罵人，媽媽是要打嘴巴的，可是我捨不得打妳們，我打自己吧！」玉蓮伸出右手打自己臉頰，邊打邊說：「是媽不好，沒有教好寶琪和小珮，該打該打。」

玉蓮自打了四五下，開始時寶琪和小珮都呆住了，接著兩人衝上前去，抱住玉蓮，哭著叫道：「媽，別打了，我們知道錯了，媽！」

這時在客廳的孩子們都跑了進來，一見玉蓮和寶琪、小珮三個人抱在一起哭，十分訝異，不知怎麼回事。

玉蓮站起身來，摸了摸寶琪和小珮的頭，走出房間。

「寶琪，」泰成走到兩人身邊：「我聽到妳在叫『別打了』，媽打誰啊？」

寶琪搖搖頭：「媽沒打我們，我和小珮在吵架，媽進來了，媽說罵人是要打嘴巴的，媽說她捨不得打我們，她就打自己。」

「哇！」九歲的菊蘭叫起來：「別人犯錯，媽打自己，誰忍心呀？」

「是呀，」泰成說：「以後大家要小心，犯了錯，媽不會責罰大家，會責罰她自己，大家忍心嗎？」

在玉蓮和建業的全力經營下，暖愛園堅持了三十年，有九十幾個孩子在暖愛園裡成長，當他們能自立生活時離開了暖愛園，從暖愛園出去的孩子雖不是個個都有傑出表現，但都是品德良善的好人，離開暖愛園的孩子沒有一個不懷念他們的「家」，沒有一個和「家」斷了線。他們都知道自己是孤兒，有些人連自己親生父母的長相都完全沒有印象，卻永遠不會忘記帶著他們長大的「媽媽」，他們沒有孤兒那種失落、冷漠、孤僻的性格，都懷著和善的愛心投入這社會。

有一天夜晚，孩子們和志工都休息了，暖愛園裡靜悄悄，玉蓮和建業坐在房間裡喝茶。玉蓮感慨地說：「建業，三十年了，今天是我們創立暖愛園三十年的日子，沒有任何紀念儀式，但是我永遠記得我們籌劃暖愛園的那段日子，沒錢、沒人力，卻起了這麼大的宏願，真是大膽，現在回想起來，實在不應該是我們敢做的事，是神在督促我們去挑了我們負不起的重擔，是神在指引我們克服了一道一道的難關，暖愛園是在神的庇護下成長的，感謝主。」

建業喝了一口茶，回想著，「三十年的歲月是很長的，玉蓮，妳今年六十五，我也七十一了，我們都兩鬢斑白了，妳把自己的人生都花在經營暖愛園，把妳的愛都灌注給孩子，我們自己雖然沒生孩子，妳卻是最偉大的媽媽。」

玉蓮笑著說：「建業，不要捧我，其實，如果沒有你的支持，暖愛園是創立不起來的。我們創立暖愛園為的是什麼？為名，一個小小孤兒院，根本沒有名，為利，孤兒院讓我們把自己的財產全部投了進去，根本沒有利，那到底為的是什麼？為的是憐憫和愛呀，這不就是耶穌基督的本質嗎？現在我才領悟到，我們當年一頭栽進辦孤兒院的事業是神在督促我們發揮祂愛的精神。」

建業說：「玉蓮，妳說得不錯，妳在彰顯主的榮耀，妳的一生是有意義的，辛苦是有價值的。」

一個星期天下午，暖愛園的禱告室擠滿了十幾個人，玉蓮在教孩子們唱聖歌，建業在彈琴伴奏。正當大家全神在練唱時，突然玉蓮倒了下去，引起一片慌亂。于阿姨馬上打電話叫救護車。

救護車雖很快就趕到，立刻把玉蓮送到醫院，但依然來不及，醫生診斷是心肌梗塞，已經回天乏術了。

玉蓮的追思禮拜是在龍潭教會舉行，教會只能容納一百多人，全坐滿了，暖愛園的九十多個孩子全到齊了，有幾個在國外工作的孩子也趕了回來。暖愛園的孩子中年齡最大的是羅泰成，已經四十歲，是一家電視臺的主播，最小的只有四歲，孩子們全都穿了白上衣和黑長褲，有的在哭泣，有的在拭淚，教堂裡充滿了愛。

追思禮拜開始之前，劉牧師上了講臺，宣布說：「今天是李玉蓮姐妹的追思禮拜，在追思禮拜開始之前，暖愛園的孩子們要向他們的媽媽宣讀一篇追思文，這篇追思文是由羅泰成弟兄寫的，但追思文要表達的是暖愛園全部九十多個孩子們對母親的心聲，現在請羅泰成弟兄來宣讀暖愛園孩子們對親愛母親的追思文。」

羅泰成臉上掛滿了淚水，手上拿著一張紙，走上講臺，暖愛園的九十幾個孩子站滿了臺下和走道。泰成見大家都站好，轉身面對著掛在十字架下玉蓮的照片，用顫抖的聲音說：「親愛的媽媽。」剛叫了一聲媽媽，泰成雙腳一軟，竟然跪了下去。臺下的九十多個孩子不約而同一齊撲倒在地。

泰成哭著叫道：「媽媽，我好想妳……」

突然一個稚嫩的小女孩聲音高喚著：「媽，我好想妳啊！」

接著一片「媽，我好想妳啊！」的哭聲、叫聲響起，在教堂上空迴旋，似乎要穿透世界，讓在天上的媽媽聽到！

你是兩家人的寶貝

「爸、媽，請原諒我的不孝，從今後我要改過向善，重新做人。」明志說。

時間是一九三三年五月，地點在福建省崇安縣，後來改名武夷山市。

在一個太陽被薄薄雲層擋住的下午三點鐘左右，在縣城南邊的小廣場上，一個高大壯碩的中年男人，正被七、八個敞開衣襟的小夥子圍住，一看就知道是一群小流氓，而中年人是崇安縣警察局長。

其中一個穿灰色短上衣的流氓指著局長說：「姓張的，你昨天抓了我們一個弟兄，我們要報仇，今天你落單了，我們可以好好收拾你。」

張局長沒有被眼前幾個小流氓嚇倒，很鎮定地說：「張明志，你們倚仗暴力，為非作歹，欺壓百姓，我看你們還年輕，趕快改邪歸正，否則法律就要制裁你們了。」

張明志威脅著：「什麼法律不法律，我們就是法律。」說著揮了揮手裡的短刀，「哥兒們，你們站著把風，看我來收拾這傢伙。」說著張明志就揮著刀向前衝。

突然，身後傳來一個女人尖叫的聲音，「小葫蘆，你快住手。」

張明志心中一驚，「小葫蘆」是他幼年時的小名，二十年都沒人叫了，這是誰呢？他停下腳步回頭一看，只見一個中年婦人飛奔而來，更奇怪的是弟弟明倫背著一個滿頭白髮的老太太跟在後面向廣場跑來，仔細一看，可不得了，那老太太正是奶奶呀！張明志楞住了，全場的人都被這一幕弄得一頭霧水，也都呆呆地看著。

很快，中年婦人和明倫都跑進廣場，中年婦人一把抱住明志，大哭大叫著：「小葫蘆呀！我的兒子呀，媽想死你了，媽找得你好苦呀！」

動彈不得的明志心中納悶著「這女人是我媽？」

這時，明倫把奶奶放下，不過，明志不是奶奶的親孫子，只是由奶奶養大，明倫才是奶奶的孫子，他比明志小一歲，所以明志叫明倫弟弟，兩人的感情比親兄弟還好。

原來明志三歲時和爸媽去逛元宵燈會，因為人潮擁擠，明志和爸媽走散了，三歲的明志在人潮中邊擠邊哭，被奶奶發現，就把明志帶回家收養，和明倫做了玩伴。奶奶心地善良，把明志看成親孫子一樣，奶奶問明志叫什麼名字，三歲的明志說爸媽叫他「小葫蘆」，只知道自己姓張，名字就不知道了，於是奶奶為他取名「明志」，仍讓他姓張。

另一方面，「小葫蘆」的爸媽失去了兒子悲痛萬分，到處尋找，都無蹤影，當時崇安是個山城，沒有現代化的資訊設備，連電話都沒有，也沒有警察局，尋人就像海底撈針。

這對夫妻，丈夫叫張國濤，妻子叫何素英，兩人在縣城裡開了一間小雜貨店，自從孩子走失後，夫妻倆天天痛哭，哀聲嘆氣，根本沒有心情做生意。

有一天，張國濤對妻子說：「我想到杭州去考警察學校。」

「你都快三十歲了，為什麼還想去念書？」何素英說。

「這幾天想小葫蘆想得快發瘋了，這樣子下去是不行的，我要改變一下環境，我現在根本沒有心情做生意，不如把店賣掉，還可以維持幾年生活。我去報考警察學校，三年後畢業，政府會分派工作，我會要求回崇安來，素英，妳在崇安等我，三年後我就回來了。當了警察就方便在崇安尋找小葫蘆了。」張國濤如此盤算。

就這樣，張國濤去杭州的警察學校讀了三年，畢業後要求回崇安工作，當時全國警政業務還沒上軌道，受過正規訓練的警察很少，警察的員額經常不足，警察學校的畢業生受過正規的警察養成教育，各省縣都搶著要人，張國濤主動要求到崇安，當時崇安警察局剛成立一年，縣長和局長都表示萬分歡迎，立刻任命張國濤為副局長，五年後就升任局長了。

這時，奶奶拉著明志說：「阿志啊，她是你媽媽，還有，」奶奶又指著站在前方的張國濤說：「阿志呀，他是你的爸爸，你的親爸爸！」

奶奶的話讓明志張大了嘴，直盯著站立在面前的警察局長，明志感覺到陌生的媽媽緊緊抱住自己，而且眼淚已經濕透了他胸前的衣裳。這時明倫走到明志面前說：「哥，我昨天看到局長和你媽媽，他們真的是你的親爸媽。」

突然，廣場邊有人在大吼，「小六子，你在這裡蘑菇什麼？還不趕快把這姓張的幹掉。」

明志一看，是他幫派的老大帶著三個弟兄來了，明志趕快把媽媽推開，向前一步，面對老大，一臉惶恐的樣子。

老大走到明志面前，又瞄了奶奶和媽媽一眼，冷笑著說：「小六子，原來你的奶奶來了，我也不為難你，以後再跟你算帳，現在我先幹掉這姓張的小子。」說著，捲起袖子，從腰上抽出一把小刀，對跟隨來的三個流氓說：「我們別講江湖道義，一起上，幹掉這姓張的！」

於是，三個流氓站成一個三角形，把張國濤圍在中間，三個流氓中，一個手持短刀，兩個是赤手空拳，三個人向張國濤進逼。這時，老大向前踏了一大步，準備加入戰鬥。突然，站在老大身後的明倫對著老大右腿腳窩踢過去，老大受了一踢，向前衝了兩步，幾乎跪了下去，他是練過功的人，總算勉強站住沒跪下去。老大怒氣大發，回過頭握著刀，怒目盯住明倫，吼著：「好小子，你敢暗算我，我讓你去見閻王老子。」舉起刀要刺向明倫。這時，站在老大身後的明志迅速拔出自己的小刀，對準老大的背上用力刺去，由於用力太猛，明志的刀整個插了進去，只留刀柄露在外面，這一刀似乎刺中了老大的心臟，立刻血如泉湧，老大當場斃命。

另一邊，三個流氓正圍著張國濤，拳腳並用，張國濤在警察學校學過幾種拳術，面對這三個流氓，一看他們的動作，就知道這三個傢伙並沒學過武術，只是用一股蠻力在打。張國濤最在意的是那拿刀的流氓，覺得先要解決他，趁他有一些猶豫，舉刀不動的時候，張國濤一腳踢向他的手腕，那流氓手腕被踢中，又痛又麻，刀子順勢飛了出去，張國濤緊接著使出連環踢，重重踢中流氓的臉，鼻子和嘴角立刻流出血水，眼睛痛得睜不開，便倒地呻吟，另外兩個流氓想繼續夾擊張國濤，他們正奇怪老大為什麼不加入戰圈時，突然，「砰！」一聲巨響，那是槍聲，兩個穿著制服的警察手持步槍飛奔而來，對著廣場天空開了一槍。當時的崇安，除了部隊和警察，幾乎都沒有槍，槍聲一響，兩個流氓嚇得停住了手腳，張國濤大叫著，「你們把這三個流氓銬起來，押到局裡去，再派一輛車來，把那邊的死屍運走。」

這時一個白鬍子老頭走過來，對張國濤說：「局長，我是這裡的里長，謝謝你為我們除了一大害，這傢伙是青虎幫幫主，是個大惡霸，大家都怕他又恨他，這小兄弟我也認識，他是青虎幫的小流氓，不過他今天殺了他的幫主，也算將功折罪，局長你就饒了他吧！」

張國濤拍拍里長的肩膀，「里長，對不起，我們警察局沒能消滅這些惡霸流氓，讓大家受害，今後你們有事可以到警察局來談談，不要怕警察，警察是幫助人民的。這個年輕人如果能改邪歸正，希望各位鄉親能多多原諒他。」

明倫扶著奶奶走過來，奶奶跟張國濤說：「局長，我家就在這附近，大家到我家去談談吧！」

大夥兒在奶奶家的客廳裡坐下，奶奶首先開口，「今天是個大喜的日子，張局長夫妻和分散二十年的兒子團圓了，阿志啊，你先聽聽你媽找你的經過吧！」

素英緊抱住明志，邊哭邊說：「二十年前的元宵節晚上，我們全家到東門鬧區去看花燈，人潮擁擠，小葫蘆你一直跑來跑去，不料越跑越遠，我和你爸爸都找不到你了，我們大聲叫喚，也沒有回應，一直燈會散了，仍不見你的人影，這把我們嚇死了，回家後兩人只能痛哭。第二天，我們沒心情做生意，又跑去東門找你，到處問人，仍然沒有消息，一個月下來，我和你爸爸除了哭，就是到處去找你，最後，你爸爸決定去考警察學校。」

素英將之後發生事情簡要的說了一遍，一直說到他們重回崇安，「你爸爸回到崇安時，崇安剛剛設立警察局，警察局裡什麼資料都沒有，戶口資料也才編造，我們每天明查暗訪，依然沒有發現你的蹤跡，直到前天，有位親戚告訴我，有位洪奶奶，她的兩個孫子，一個叫張明志，一個叫洪明倫，之所以不同姓，是因為大孫子是二十年前看花燈時撿到的，他和爸媽走散了，正在啼哭，看他可憐就帶他回來了。聽到這時我就想會不會是小葫蘆，便向她要了洪奶奶的地址，當天晚上便和你爸爸來找洪奶奶。我們告訴洪奶奶你走失的經過，洪奶奶問我，孩子叫什麼名字，我說孩子叫張正元，但我們都叫他小葫蘆，因為從小他就喜歡吃糖葫蘆。」

這時，奶奶插了嘴，「我一聽小葫蘆就跳起來，當時阿志只有三歲，說他叫小葫蘆，我想只有爸媽才記得孩子二十年前的小名，我相信局長太太是阿志的媽媽。不過我還是不放心，便問道，小葫蘆身上有什麼特別的地方，局長太太就說小葫蘆右邊屁股上有一個大紅痣，那是個胎記。阿志呀，你身上有個大紅痣是吧？」

明志點點頭，明倫搶著說：「我看過哥屁股上的紅痣。」

奶奶說：「這時候，我確定明志就是張局長的兒子小葫蘆了。我對局長說，阿志兩三年前交了壞朋友，帶他進了幫派，於是就很少回家了，最近他已經半年多沒回來了，我也不知道他在那裡，你們只好慢慢找，不過我可以給你們看阿志的照片，你們就知道阿志的長相，這樣你們如果遇到他，就認得出來了。」

奶奶的照片果然發揮了效力，在小廣場上，國濤一眼就認出明志來，心裡好激動，花了二十年找到的兒子，竟然是拿著刀子要殺自己的小流氓，幸好素英和奶奶及時趕到，才化解了這場父子互鬥的悲劇。

這時，素英緊緊抱住明志，放聲大哭。

過了一會兒，明志站起身來，在國濤和素英腳前跪下來，磕了三個頭，哭著說：「爸、媽，請原諒我的不孝，從今後我要改過向善，重新做人。」說完，又到奶奶腳前磕了三個頭，「我對不起奶奶，我要重新做人，不再讓奶奶為我擔心受累。」

奶奶一把將明志拉起來，「阿志啊！你願意改過就好了，你是你爸媽的寶貝，也是奶奶的寶貝，我們都愛你，以後你可以跟爸媽住，也可以回奶奶這裡住，兩邊都是你的家。」

明倫這時拍起手來，笑著說：「哥呀，你是兩家人的寶貝。」

明志上前緊緊抱住明倫，久久不放。

雁歸來

我是飛錯了方向的鳥，該回頭去找溫暖的巢；從歧途返回，是靈魂的死而重生。

靜美獨自坐在客廳沙發上，看完了連續劇，小茶几上則堆滿一盤堅果殼，她這才發現自己一個人竟吃掉了那麼多，不過這好像變成了習慣，三年來，每天晚上似乎都是這套模式，躺在沙發上，邊看電視邊吃堅果，偌大的客廳只有她一個人，雖然電視機開著，但她常常不知道電視在播什麼，對那些螢幕畫面和聲音視而不見、聽而不聞，她常會幻想自己飄浮在太空之中，沒有人，甚至沒有生物，好像沒有生命存在，眼前有時會呈現一片亮光，亮得睜大眼睛也看不到東西，有時又會呈現一片黑暗，黑得找不到一絲微光。這是什麼世界？空虛！陰冷！寂寞！她不知道她自己置身何處！

突然一聲響雷，把她從虛幻中拉回人間，她站起身來，伸了伸懶腰，雷聲繼續響著，閃電一道一道閃，雨點打在玻璃窗上，讓靜美有些微的恐懼感。

客廳牆上的掛鐘正指著十一點，靜美想女傭阿秋一定睡著了，便自己到廚房去泡了一杯咖啡。

聞著香濃的咖啡，靜美腦海裡忽然閃過一個念頭，該和好久沒有聯絡的老同學霞月打個電話了。靜美撥通了電話，霞月的聲音出現，「是哪一位啊？」

「霞月，我是靜美。我想妳還沒睡吧？」

「還早呢！」霞月的笑聲傳過來，「沒到一、兩點我是不會上床的。靜美，我們大概有兩、三年沒聯絡啦，今天妳怎麼會想到我這老同學？」

「我睡不著覺，想起我們已經三年沒聯絡了，也該找妳聊聊啦！霞月，妳還好嗎？」靜美說。

「孤家寡人一個，每天作作畫，逛美術館和畫廊，生活倒也悠閒，妳呢？」

靜美回答說：「我還在經營我的會計師事務所，事務所業務越來越多，我已經僱了八個員工，還找了我妹妹靜芸來做我的助理。」

「靜美呀，妳老公健雄怎麼樣了？你們有孩子嗎？」

「我和健雄結婚五年了，還沒孩子。」靜美語氣憂愁，「霞月，我坦白告訴妳，我們的婚姻出了問題，健雄已經三個月沒回來了，他和一個小歌星同居，這事一年多前就開始了，我自己的工作太忙，沒有注意到健雄，最近半年，健雄的一個女同事無意間告訴我，我才知道。我質問健雄後，他竟然承認，當時我幾乎昏倒，我們結婚才三年多，怎麼健雄就變了心，就找了小三呢？結婚前健雄的熱烈追求，當時的山盟海誓到哪裡去了？」

靜美越說越激動，「健雄承認有小三後，對我更加冷淡。從結婚後，他就常下班後不回來，我總認為他是因為工作太忙，身為電子公司高級工程師，工作和應酬一定很多；而且他也從不拿錢回家，這點我並不在意，因為我自己收入豐厚，可以負擔家裡的生活開支，只要健雄愛我，我就滿足了，他賺的錢就給他自由花用吧！沒想到這一次他連著三個月都沒回家，讓我傷心不已，夜夜失眠下精神萎靡不振，醫生說我得了憂鬱症。」

「靜美，」霞月叫了起來，「妳離婚吧！妳人漂亮，事業又有成就，還怕找不到比健雄更好的男人嗎？」

「不要，我不想離婚，我還是愛健雄的。」

「靜美，」霞月說：「明天是星期天，跟我去教堂，妳該有個宗教信仰，也許上帝會幫助妳解決問題。」

第二天上午，靜美和霞月到了教堂，在教堂門口還遇到了高中同學惠文。

「妳是靜美嗎？」惠文拉高嗓子叫道：「妳怎麼胖成這樣？我幾乎都認不出是妳。我參加過妳的婚禮，當時妳這新娘子苗條秀麗，穿著白紗禮服，簡直就是畫裡的小公主，可愛極了，今天怎麼變成了胖美人楊貴妃了？」

「惠文，別挖苦我了。做完禮拜，我們好好聊聊。」

禮拜結束，靜美和惠文、霞月到了一家咖啡廳，選了角落的座位，三個人坐了下來。

「靜美呀！」惠文首先開口，「妳結婚以後我就沒見過妳，在婚禮上我看到妳的新郎倌健雄，長得高大挺秀，文質彬彬，大家都稱讚你們是郎才女貌，天生一對佳偶，都羨慕得不得了。」

「惠文，」霞月打斷惠文的話，「別再誇了，靜美和健雄的婚姻觸礁了。」

惠文望著靜美，「怎麼回事？是妳變了心？」

「不！」靜美搖搖頭，眼眶含著淚水，「是健雄變了心，他在外面有了小三，很久不回家了。」

於是靜美把她的婚姻狀況說了一遍，霞月說：「我勸靜美離婚算了，以靜美的條件，下一個男人會更好。」

「不，我不贊成離婚。我認為靜美既然還是愛著健雄，就要想法子挽救這樁婚姻。」惠文聽了靜美講她婚後的情形後，提出了她的看法，「健雄還沒有向靜美提出離婚，可見還不想切斷和靜美的關係。健雄找小三，這當然是健雄的錯，但健雄為什麼會去找小三？我沒有見過健雄的小三，不過她是個小歌星，一定長得美麗可愛，如果她主動勾搭，健雄恐怕很難抗拒她的誘惑。愛美好色是男人的天性，在這方面，靜美妳就輸了，妳看妳婚後的身材變形，少女型的身材和媽媽型的身材，男人會喜歡哪一個？大家心裡都明白。還有妳說妳賺很多錢，不要健雄拿錢回家，妳覺得這是妳愛他，其實妳錯了，丈夫賺錢養家，天經地義，可以讓做丈夫的認知他是這個家的頭，養妻養兒都是他的責任，也使他與這個家有緊密的連繫。但靜美，妳卻不要健雄出錢養家，家裡開支都是妳來付，布置也都是妳作主，這會讓健雄感覺到這是妳的家，他只是這個家的房客，自然不會有歸屬感。」

靜美哭喪著臉看著惠文，「我該怎麼辦？」

惠文思考了一下，「靜美，我是心理諮詢師，我來幫妳，第一妳要一步一步改造自己來挽回婚姻，最重要的是得立刻減肥，讓妳的身材回復到妳婚前一樣，第二件事要對健雄表示關愛，不要在他面前有憤恨、責備的表情，並且有關家裡的事儘量徵求健雄的意見，尊重他。妳除了做這兩件事外，更重要的是要多禱告，求神幫助妳，如果有神幫助妳，一定能使健雄回心轉意，中國人常說：『謀事在人，成事在天。』這『天』就是上帝，自己固然要努力，但要有神的幫助，願望才能達成。」

從第二天開始，靜美就執行減肥計畫，首先是節制飲食，飲食的種類與份量都遵守營養師的規定，因此也放棄了最愛的堅果和油炸食物。此外，她到健身房找私人教練幫她進行各種減重運動。三個月過去了，靜美竟然減了快二十公斤，恢復結婚時的苗條身材，同時，靜美也在教堂受洗成為基督徒。

至此，健雄已經有半年多沒回家，每天下班後就到小歌星雅雯的家，和雅雯住在一起。一天晚飯後，雅雯對健雄說：「有一個唱片公司的老闆要幫我出唱片，但我的知名度不高，以前也沒出過唱片，無法保證銷路，要我先付五百萬作為製作費。健雄，你給我五百萬，好嗎？」

「五百萬？」健雄驚呼，「五百萬可不是一個小數目，我的錢都給妳買了這幢房子，現在沒錢了。」

「你騙我，鬼才相信，不管你是不是真的沒錢，你都得想辦法給我弄五百萬來，明天就要。」雅雯用命令的口吻，指著健雄的鼻子大吼，然後頭一甩，氣呼呼地回房間去了。

健雄呆在原地，過了半天才回神，傭人張媽收拾好餐桌，泡了一杯茶遞給健雄，健雄接過茶杯，看到張媽眼中流露出同情的眼神，健雄搖搖頭，在沙發上坐下來，喝了口茶，他回想一年前拿出所有的積蓄，花了一千多萬為雅雯買了這幢房子，也開始和雅雯同居，但似乎對雅雯並沒有很深入的了解，只覺得她是個又漂亮又可愛的女孩，才二十歲就單身從臺南到臺北來闖天下，靠著噪音甜美進了歌唱界，經過兩三年的闖蕩，有了點名氣，只是沒有前輩名人和演藝界大老闆的提拔，始終紅不起來。

兩年多前健雄在宴會中認識了雅雯，立刻被雅雯的美色迷倒，她溫柔體貼，又美艷超群，健雄很快就墜入情網，而另一方面雅雯貪財、喜歡妝扮，善於交際應酬，這些都不是健雄所喜愛的，但是他卻不可自拔，雅雯就像磁鐵般，有一股吸引力讓他想緊緊抱住；又像一瓶酒，讓他變成不喝不過癮的酒徒。

想著想著，也不知道過了多久，打起呵欠來，健雄站起來，往房間走，那裡是他的溫柔鄉。

第二天上午健雄去上班時，雅雯還沒有起床。

健雄皺著眉進了辦公室，他煩惱著不知怎樣才能弄到五百萬，他結婚以後沒拿過錢回家，家用開支甚至買屋裝潢全是靜美支付，他每月的工資不低，五、六年來存了一千多萬，全給雅雯拿去買了房子，每月還要給雅雯十萬元作為生活費，實在是湊不出來這五百萬。

「趙先生，有人送花給你。」辦事員小陶雙手抱著一大盆花放在健雄的桌上：「這盆花好漂亮啊！一看就很貴的。」

健雄拿起掛在花上的一張卡片，卡片上寫著：「祝生日快樂，一盆花代表我的心意。送給親愛的健雄，靜美獻上。」健雄心裡一震，今天是自己的生日，怎麼忘得一乾二淨，和靜美快一年沒見面了，甚至連電話都沒打過，這盆花勾起了健雄許多回憶，他思緒一片混亂。

健雄正在發呆時，感覺有人在拍他的肩膀，回頭一看，原來是葆田，葆田是健雄大學和研究所同學，現在又是同一家公司的同事，兩人有十幾年的交情，又是很談得來的朋友。

「這盆花真漂亮。」葆田說著就在健雄對面坐下來，順便瞄了一眼插在花盆上的卡片，「這是靜美送給你的，今天是你的生日啊！」

健雄點點頭，「今天是我的生日，我自己忘得乾乾淨淨，看到這盆花還真是嚇了一跳。」

「健雄，那中午我請你到附近那家新開的餐廳吃飯，算是給你慶祝生日。」他們約在公司附近的一家日本料理，店內隔成一小間一小間，倒也安靜。

點好菜，葆田首先開口，「健雄，我們是老同學，無話不談，兩年前，你就告訴我，你有了一個新女朋友，叫林雅雯，對不對？」

健雄點點頭，「不錯，是歌星。」

「我上娛樂網查了一下，找到一小段林雅雯的資料，還有一張照片，從照片看，人很漂亮，顯然是經常化妝，濃妝艷抹，文字說明很簡短，可見名氣不大，健雄，你為什麼要和她好？」葆田問。

「雅雯很漂亮，我一見她就被她迷住了。」

「你和她同居了？」

健雄點點頭，說：「同居半年多了。」

「你和林雅雯住在一起，當然就不回家了，難怪靜美要把花送到公司來，因為她見不到你，對不對？」

健雄嘆了口氣，羞愧地低下頭。

「健雄，我不怕得罪你，我要勸你清醒吧！林雅雯是在娛樂圈裡打滾的人，我相信她和你在思想、人生觀、價值觀上一定差距很大，你們如果長期生活在一起，會合得來嗎？你是真心愛她嗎？她又是真心愛你嗎？健雄，你要多想想，靜美是個好女人，是個好妻子，妳們從學生時期就相處，十多年了，朋友們都說你們是十分相配的一對，你為什麼捨得放棄手邊的幸福去抓那空虛的彩虹呢？」

一頓飯吃完，健雄話很少，都是葆田在不停地勸健雄「回頭是岸」。

傍晚，下了班，健雄抱著花，開了車回到雅雯的住處。

「雅雯，」進了門，健雄就高聲叫著，「我送妳一盆美麗的鮮花。」

「為什麼要送給我花，有什麼事情嗎？」雅雯站在客廳中間，好奇地問。

健雄把花塞到雅雯手裡，「今天是我的生日，我老婆送了一盆花到我公司來。」

「什麼？是你老婆送給你的，鬼才稀罕，我不要！」

雅雯說著把花盆摔在地上，大聲叫道：「你五百萬準備好沒有？」

看著花盆打得粉碎，鮮花散落一地，健雄不由怒火中燒，「妳這女人眼裡只有錢，沒有情！」

雅雯雙手叉腰，吼著：「情值多少錢，五百萬，沒有五百萬，你給我滾出去。」

「你胡說，」健雄不甘示弱，也大聲吼回去，「這房子我出錢買的，我為什麼要出去？」

「笑話！」雅雯用力推了健雄，「這房子產權是我的名字，你是私闖民宅，出去！否則我要報警了！」

健雄被推到門外，「砰！」一聲，大門關了。

健雄楞在門外，腦海裡嗡嗡作響，無可奈何地上了自己的車，把車開到一家熟悉的小酒館，要了一瓶威士忌和兩碟小菜，開始灌酒。

健雄心情煩躁，是不平，是悲哀，是不甘心，像一隻戰敗的雄獅，全身是傷，心裡在痛，他用一杯一杯烈酒來療傷止痛，然而傷痛依舊。

又一杯下肚，腦海裡浮現出靜美的影子，他和靜美結婚五年，從沒有拿錢回家，不是他沒有錢，而是靜美很會賺錢，結婚以後，從買房子到每天的家用，靜美都包辦，從不向他要錢，他樂得把錢存起來，甚至把積蓄全都給雅雯買服飾、買房子，可是雅雯竟然不知足，又伸手向他要大筆的錢。

「雅雯呀！妳把我的皮肉都吃光了，還要啃我的骨頭嗎？」

一杯一杯的威士忌酒灌下肚，健雄胸口像有一團火在燒，「我為什麼會愛上雅雯？會被雅雯迷得不知方向。」今天中午，葆田在餐館裡說的話不斷出現在腦海，「我是愛上雅雯的色，被色迷住了。」

中國俗話說，酒色財氣是四大害人精，色只是一種慾望的滿足，慾望會使人失去理智，會把人推到黑暗的陰淵。

「雅雯愛我嗎？不，她只愛錢，我真的愛雅雯嗎？不，我只是愛上她的美貌。到今天我才悟出來我根本不懂愛情，我只是一個好色之徒而已。」

健雄無法控制如雨般宣洩的淚水，他伸手到褲子口袋想找手帕來擦眼淚，突然他摸到一張卡片，掏出來一看，是靜美送來花盆上夾著的賀卡，無意間，健雄翻到卡片的背面，發現有幾行字，是靜美的筆跡，寫的是：

健雁慕天際
雄心欲高飛
倦鳥當知返
歸巢猶有溫

這首詩的含義十分清楚，而且是藏頭詩，四句詩第一個字組合起來是「健雄倦歸」。讀了一遍又一遍，健雄的淚水更關不住，他趴在桌上，哭得像小孩子一樣。

不知道過了多久，健雄發現身在茂密高聳的樹林中，他想找出口，忽然遠處有個白衣長髮的女人，健雄可以斷定那是靜美，他向前奔去，高聲叫靜美，在奔跑中，忽然被一根樹枝絆倒，再站起來，靜美的影子消失了。健雄聽到空中有聲音，抬頭一看，一隻大鳥正向他飛撲而來，在他頭上掠過，刮起了一陣強風，把他推倒在地上。

「趙先生，你怎麼了？」健雄睜開眼睛一看，一個酒館的女服務生蹲在他面前，原來自己在做夢，從椅子上滑倒，坐在地上了。健雄搖搖頭，說：「沒事。」努力從地上爬起來，「結帳吧！我要走了。」

健雄起身付了帳，走出酒館店門，一陣冷風吹來，健雄不禁打了一個寒顫，快步上車，發動引擎，向前駛去。

到哪裡去？健雄有點頭暈，想到剛才夢裡看到靜美，對呀！回家去才是正路。

健雄手握駕駛盤有些不穩，眼前感到黑矇一片，「砰！」一聲巨響，汽車撞上路旁的一棵大樹，健雄失去了知覺。

靜美從上午送出鮮花後，便坐立不安，沒去事務所上班，留在家裡，她想健雄收到花後總該打個電話來吧！她和健雄快一年沒見面了，連電話都沒通過，她也曾打過幾次手機給健雄，健雄都是吼著說：「我在忙，別吵我。」就切斷了通話，讓靜美十分傷心，漸漸失去了打電話給健雄的勇氣。

傍晚六點多鐘，阿秋來請靜美吃晚飯，靜美搖搖頭半躺在客廳沙發上，阿秋說：「太太，妳一天都沒吃東西了，妳要保重身體。」靜美望著忠心耿耿的阿秋，用微弱的聲音說：「阿秋，謝謝妳，我吃不下，妳自己吃吧！」

阿秋蹲下來看著靜美，「太太，我知道妳的心事，先生差不多一年沒回來了，妳就別再想他了，妳有妳的工作，有妳自己的朋友，還有教會，妳想開一點，可以快快樂樂過自己的生活。」

「阿秋，謝謝妳關心我，照顧我，我現在全身無力，要回房去休息，妳快去吃飯吧！」靜美掙扎著站起來，阿秋趕快扶著靜美回房去了。

靜美回到自己的房間，跪在床上禱告，「主啊！今天是健雄的生日，我送了鮮花給健雄，健雄連個電話也不回。主啊！我做了什麼錯事，讓健雄如此待我，有人勸我離婚，可是我是愛健雄的，我不願意離婚，主啊！請主讓健雄回轉心意，離開他的小三，回到這個家來，讓我們回到剛結婚時溫暖歡樂的情景。主啊！懇求祢伸出萬能的手來救我！」淚水濕透了床單，靜美跪趴在床上，背上似乎有個大石頭壓得她幾乎喘不過氣來。

晚上十點半鐘，電話鈴響了，阿秋跑去接，立刻奔到靜美的房間，「太太，有電話。」

靜美拿起話筒，傳來一個女人的聲音，很急切地表示：「這裡是新光醫院，現在趙健雄先生正在我們醫院急診室，他車禍受傷，請家屬趕快來。」說完就掛斷了電話。

靜美聽了電話，嚇得呆住了，過了幾秒鐘，靜美像彈簧一樣跳了起來，「阿秋，快跟我去新光醫院。」

在臺北新光醫院手術室門口，靜美和阿秋正焦急地等候著，大約過了半個多小時，醫生從手術室裡走出來，喊著：「誰是趙健雄的家屬？」

靜美和阿秋同時跑上前去，靜美說：「我是趙健雄的太太。」

「好，」醫生望了靜美一眼，「趙健雄是車禍受傷，他酒醉駕車，撞到路旁的大樹和路燈，頭部和臉部都受了傷，出了不少血，我們初步檢查，腦部沒有出血，明天還要做細部檢查，才能確定他腦部的情形，臉部有多處撕裂傷，要仔細縫合，右腳小腿骨折，正在接合打石膏，目前除了麻藥效應之外，主要是他喝了太多酒，也許要等一天才會清醒。目前看起來，沒有生命危險，等手術完成，病人恢復後，會送到病房，到時候你們可以去病房看他。」

「謝謝，謝謝！」靜美哭著向醫生鞠躬，「如果要做檢查、手術或藥物若需要自費，我都願意付，請盡所能救他。此外，我要求一個單人病房，所有費用我都願付。」

清晨六時左右，手術床被推出來了，護士叫著：「趙健雄的家屬。」靜美和阿秋趕快跑上前去，護士說：「你們跟著來。」病床迅速地被推到十樓的一間單人病房，護士安頓好健雄後，拿了幾張表要靜美填寫，告訴靜美這個病房每天要自費新臺幣六千五百元，同時，為健雄量了脈搏、血壓等。

這時健雄平躺在病床上，頭部、臉部都裹著紗布，右腳打了石膏，靜美俯下身去對著健雄的耳朵叫道：「健雄，健雄。」躺著的健雄毫無反應，醫生剛好進房來，對靜美說：「他打了麻醉藥加上體內酒精太多，他還沒醒過來。」醫生說完就離開了。

靜美為健雄僱了一個二十四小時看護工，自己也在病房守著，要阿秋先回家休息，下午幫她帶些盥洗用品來醫院。

第二天傍晚，健雄動了一下，醒了，發出「哎呀」叫痛的聲音，靜美輕輕地在健雄耳旁叫著：「健雄，健雄，你醒了！」

由於眼睛被紗布遮住，看不見外面景物，健雄很軟弱地問：「妳是靜美嗎？我在哪裡？」

靜美握住健雄的左手，激動地說：「我是靜美，健雄，你在新光醫院，昨天晚上你喝酒開車，發生了車禍，醫生已經為你處理了傷口，做了全身檢查，幸好沒有大礙，只是右腳骨折，已經幫你接起來，另外頭和臉部有些皮肉外傷，都不算嚴重，真是上帝保祐。」

「先生！」阿秋在旁邊說：「你醒了，感謝上帝。」

「現在是什麼時候？」健雄問。

「先生，現在是下午六點鐘，」阿秋搶著說：「先生，你昏迷了一天一夜，好嚇人啊！太太一直都守在你身邊，不吃不喝又沒睡覺，一直在哭，在禱告，我們大家都在為你擔心。」

「靜美，」健雄緊緊地握住靜美的手，「對不起，我真是個壞人，妳沒有恨我，還對我不離不棄，我真羞愧。」

「健雄，你還不知道，我已經信了耶穌基督，《聖經》教人要愛人，要原諒那些得罪你的人，健雄，不管你以前做了多少對不起我的事，我都不會恨你，我會永遠愛你。」

健雄的手在顫抖，蓋在眼睛上的紗布濕了，那是淚水所滲透。

在醫院裡住了五天，健雄裹在頭上臉上的繃帶取下了，只是臉上還貼著五、六塊紗布，右腳要扶著手杖才能行走。

回家的第一天晚餐，阿秋做了豐盛的菜餚，阿秋對健雄說：「先生，你差不多有一年沒回家吃飯了，我都忘了你喜歡吃什麼菜，做幾個比較拿手的菜，我也注意到營養，希望幫你補補身體，你喜歡吃什麼告訴我，希望你能天天在家吃飯，我會努力做菜讓你吃得開心。」

「阿秋，謝謝妳這幾年照顧這個家，妳真是個好人。」

「先生，我把家事做好是應當的，只是這一兩年太太過得好辛苦，她天天在想你，天天流淚，她對你太癡心，我看了心裡好難過，太太是個好人，為什麼上帝要她受這麼大的痛苦。」

「阿秋，」健雄柔聲說：「我知道了，謝謝妳，我不會忘記妳對我們夫妻的好，謝謝妳。」

等靜美入座後，她對健雄說：「健雄，我們先做謝飯禱告，就開飯！」

禱告結束，健雄沒拿起筷子，卻張大眼睛盯住靜美，靜美被看得有點害羞，對健雄說：「吃飯吧！」

「靜美，妳是靜美嗎？」健雄說話有點結巴。

「健雄，你怎麼啦？我當然是靜美，你不認得我了嗎？」

「靜美，我記得我們結婚的時候，妳是身材苗條的小公主，可是結婚三年後，妳變成一個水桶式的媽媽型女人，現在又找回了苗條身材，就像小公主回來了。」

「健雄，你在取笑我。」

「不，不，靜美，我的小公主！」健雄伸出雙手握住靜美的雙手，「我記得在我們婚禮上有位來賓上臺講話，直誇妳是個小美人，當時我樂得不得了，我有了一個美人妻子，好幸福啊！當時我在心裡決定，我要叫你小公主，我愛我的小公主。」

靜美收回雙手，哭著說：「健雄，別開玩笑了，吃飯吧！」

吃完飯後，阿秋倒了兩杯茶，健雄和靜美在客廳裡喝茶聊天。

「我們有好幾年沒有坐在這兒說話了。」靜美的語氣有些傷感。

「靜美，」健雄望著靜美，「我鄭重向妳道歉，我要懺悔，我對不起妳，請原諒我，從今以後，我一定會痛改前非。這兩年來，我像做了一場夢，夢裡的我好像變了一個人，現在夢醒了，忽然覺得夢裡的我不像是真的我。我從小受著良好的家庭教養和學校教育，在家裡是一個孝順又聽話的兒子，在學校裡是品學兼優的學生，自認為走人生的正道，但這兩年我像鬼迷心竅，走上了岔路，做出了對不起妳的事。在車禍發生的那天晚上，我一個人在酒館喝酒，我忽然醒了，我一直自認為我是個堂堂正正的君子，實際上我是好色無情的小人，我痛哭流涕，一面哭，一面喝酒麻痺自己，於是造成了車禍。靜美，也許妳會想知道什麼事讓我從惡夢中醒來，我告訴妳，是妳送給我生日鮮花，不，應該說是妳附在花上的卡片，卡片背後妳親筆寫的那首詩明白點出來『健雄倦歸』，我是飛錯了方向的鳥，該回頭去找我溫暖的巢了。靜美，如果沒有發生車禍，那天晚上我也會回家的，靜美，感謝妳的呼喚，把迷途的小鳥召喚回來。」

靜美淚眼潸潸，「健雄，謝謝你打開了心靈之門，聽到我可憐的呼喊。」

「靜美，」健雄也流下淚，哭著說：「我回來了，發誓一輩子再不會離開妳了。可是，靜美，醫生告訴我說，我的臉上將留下許多疤痕，我不怨恨上帝讓我受到這種創傷，使我見不得人，這是上帝對我的懲罰，我甘心領受，但是，靜美，妳每天要面對一個滿臉疤痕的鐘樓怪人，妳不會害怕嗎？」

靜美搖頭，說：「我也想過，我要盡全力把你臉上的傷疤除掉，現在美容醫學很發達，尤其是韓國，我們到韓國去找醫生，即使要換膚也可以。」

「那種美容要花很多錢，我沒錢。」

「錢不重要，人才重要，只要能讓你恢復原貌，傾家蕩產我都願意，我可以賣掉房子，甚至我的會計師事務所也可賣掉。」

「靜美，妳怎麼捨得為我花這麼多錢？」

「健雄，你的命就是我的命，你活得快樂我才有快樂，錢是身外之物，為了你，我願意把所有的錢都花掉。」

健雄忍著右腳的痛，站了起來，握住靜美的雙手說：「靜美，謝謝妳這麼愛我，我想我這次車禍一定是上帝安排的，祂不但懲罰了我犯的罪，也讓我再次看到妳美貌小公主的形象，讓我看到妳心靈的美，發現妳對我的愛是如此深，靜美，我這次從歧途上回來，是我靈魂的死而重生，感覺再世為人，並認識到真愛，靜美，感謝妳，感謝上帝。」說著，健雄緊緊地抱住靜美，久久不放。

鏡子沒破

鏡子沒有破，只是鏡面上被我撒了灰，
上帝用祂慈愛的手已經把灰擦掉了。

素娟坐在媽媽對面，用手帕掩住臉孔在不斷哭泣，媽媽一臉怒容，對素娟吼著說：「離婚？這麼簡單就離婚啦？素娟，妳也太沒用了，妳為什麼不向中荃要大筆贍養費？小蜜今年才五歲，妳至少還要養她二十年，這二十年的生活費要中荃拿出來，妳為什麼也不提，那不是太便宜中荃了嗎？像我和妳爸離婚的時候，我把妳爸身上的錢都搜光了，妳爸是掃地出門的，看妳爸就沒有好下場。」

素娟記得很清楚，媽和爸感情不好，經常吵架，她十歲那年，爸和媽離婚了，離婚三年以後，爸就病死了，她當時年紀還小，不懂爸媽為什麼吵架，但她很害怕爸爸，媽媽也總是一副兇巴巴的模樣，看起來有點可怕，所以她從小就厭惡離婚，沒想到今天，離婚這個惡夢竟然降臨到自己的身上。

素娟的丈夫叫中荃，他們是鄰居，他們倆從小就是玩伴，從幼兒園到小學、中學、大學都是同學，中荃比素娟大幾個月，一直把素娟當成妹妹，處處護著素娟，素娟也有一種感覺，有中荃在身邊就有安全感。之後中全和素娟考進同一所大學，中荃念經濟系，素娟念中文系，兩人一直深造，取得碩士學位。

中荃畢業後進入一個大貿易公司工作，素娟則到一所中學擔任國文老師。中荃工作認真負責，努力奮發，為公司創造了不少業績，得到董事長和總經理的賞識，職位不斷提升，三十五歲就成為公司的副總經理。

畢業後不久他們就結婚了，婚後，小夫妻過著幸福快樂的生活，兩人從小一起長大，從來沒有分開，彼此的認識極深，兩人的性格、愛好、生活方式、價值觀念、做人處事態度幾乎都一樣，所以結婚後兩個人相處如水乳交融，自然而甜蜜，從來沒有發生過爭執。

素娟和中荃結婚三年後生下了一個女兒，他們叫她「小蜜」，意思是這小女孩是他們家的小蜜糖，讓整個家更添加了甜味。

今年，小蜜五歲了，這杯蜜糖水中忽然掉進了一隻蒼蠅。在四、五個月前，素娟發現中荃神色有異，她問中荃，中荃說沒事，只說公司工作太忙，壓力很大，情緒有點不穩，素娟也不疑有他。一個星期前，素娟無意間打開中荃的手機，發現中荃和一個女人有緊密的簡訊來往，簡訊的內容竟是談情說愛和安排約會，素娟拿著手機幾乎不敢相信，這是中荃會做的事嗎？她忍不住立刻找中荃責問，中荃搶過手機，低著頭說：「半年前，我認識一個女孩，她叫佳媚。」

素娟皺著眉問道：「你們怎麼認識的？」

「在一個朋友請客的餐會上認識的，佳媚是一家電影公司的演員。我們交換了電話號碼，過了兩天，佳媚就打電話到公司找我，約我到咖啡館見面。」中荃回。

「看你們約會那麼多次，你和她那麼親密，你是愛上她了？」

中荃吞吞吐吐地說：「我也不知道，但是我的確喜歡她。」

素娟忍不住哭了起來，「我們三十幾年的感情竟如此脆弱，如此經不起考驗，難道我三十多年的觀察都是錯的？中荃，你把我們的感情丟到哪裡去了？」

素娟個性溫和柔順，她不會像媽媽一樣大叫大罵，和中荃結婚成家，兩人從來沒有紅過臉、吵過架，這時的素娟雖然滿腹委屈和憤怒，卻不知如何爭吵，只會以哭泣表達自己的心情。

中荃不再講話，默默地倒在床上睡覺。

從此，素娟和中荃開始了冷戰，兩人互不說話，中荃說公司要加班，每天深夜十一點鐘才回家。

一個星期過去了，這天晚上，素娟終於向中荃攤牌，「既然你心裡另有新歡，我們離婚吧！」

「離婚？」中荃顯然被素娟的話嚇住了，「這麼嚴重嗎？」

素娟咬住嘴唇，忍住眼淚說：「你變了心，沒有了愛，何必勉強把身體留在這裡，讓你自由自在吧！」

中荃望著素娟，欲言又止。

第二天中午，中荃和佳媚在餐廳見面。

佳媚看著中荃說：「中荃，看你今天臉色不好，出了什麼事嗎？」

「佳媚，我們結婚好嗎？」中荃提起結婚，卻有氣無力。

「結婚？好啊！結婚正是我的心願呀！」佳媚聽了則非常欣喜。

「可是我是結了婚的人。」中荃說。

「結過婚有什麼關係，離婚就好了，天天都有許多人在離婚，離婚不值得大驚小怪。中荃，我們結婚，組織一個新家庭，我們的生活會像彩虹一樣美麗，我們要環遊世界，每天參加高級宴會，我們要活得像國王和王后一樣，過著神仙一般的生活。好美啊！」說到最後，佳媚瞇著眼，自言自語，陶醉在未來的夢境中。

走出餐廳，中荃準備回公司，往前走了幾步，停在公園前面，覺得心情沉重，心想不如先到公園走走，沉澱一下滿腦子的混亂。的確，他是喜歡佳媚的，佳媚是他看過最漂亮的女人，年紀只有二十一歲，卻非常懂得人情世故，講起話來真是貼心，讓人聽了好舒服，不過佳媚的人生觀似乎和自己大有差距，佳媚喜歡交際遊樂，這是他自己不擅長的，剛才談到離婚她表現得滿不在乎，好像是一個不太重視愛情的女人。中荃忽然想到，佳媚是個演員，她有很多甜言蜜語，到底是她內心的肺腑之言，還是戲裡面的臺詞呢？想到這裡，中荃心裡發毛，身上不自覺起了雞皮疙瘩，搖搖頭，嘆了口氣，自己覺得在做一場夢。

突然，中荃聽到有人在叫他，回頭一看，見一位滿頭白髮的老太太坐在被人推著的輪椅上，中荃仔細一看，才認出來是鄧伯母。鄧伯伯是父親的好友，小時候父親常帶他去鄧家玩，所以他和鄧伯伯、鄧伯母都很熟，鄧伯伯是個大公司的董事長，鄧伯母是個名畫家，人也長得漂亮，常聽長輩說鄧伯母是個大美人，現在竟然也禁不起歲月的摧殘，整個人瘦弱蒼老，真是變化大大了。中荃跑過去說：「鄧伯母，妳到公園來散心啦！身體還好嗎？」

「不好，」鄧伯母搖搖頭，「三年前，你鄧伯伯走了，我就大病了一場，在醫院住了一年半，醫生用各種方法總算把我救回來了，出院之前，醫生發現我得了胰臟癌，要我開刀，我不肯動手術，我想順其自然，你鄧伯伯走了，我對人世間也沒什麼留戀，不如早點到天家去找你鄧伯伯重新團聚，這是我所祈求的。中荃呀，我看著你長大，知道你和素娟夫妻感情極好，你要好好珍惜，人生最值得珍惜的是夫妻之愛，我和你鄧伯伯感情好，鄧伯伯走了，我的第一個念頭就是我要跟他走，中荃，我們都是基督徒，我們相信有天國，人死了會回到天家，我不怕死，因我相信我死後回天家就會和你鄧伯伯團圓了。」

和鄧伯母談了一會兒，中荃繼續往前走，心裡有兩個感觸，一是美麗的鄧伯母怎麼變成了像童話中的老巫婆，二是人的精神不會隨肉體的死亡而消散，感情也會隨著靈魂永世長存。

中荃在公園裡走著，忽然看到前面有位老人家推著輪椅，輪椅裡坐著一位老太太，那不是李教授和師母嗎？李教授是中荃的研究所指導教授，中荃立刻跑過去叫道：「老師，你和師母來公園散步呀！」

李教授笑著說：「今天天氣很好，我推你師母出來走走，曬曬太陽。中荃，你和你太太都好嗎？」

師母接著說：「中荃，你太太叫素娟，對吧？我對她印象好極了，人長得清秀端莊，是賢妻良母的樣子，中荃呀，你是有福氣的人呀！」

中荃對李教授說：「老師，你推輪椅不累嗎？為什麼不叫外傭來推呢？」李教授回說：「外傭在家忙做家務事，我推師母散步，一方面邊走邊聊天，一方面表示我身體還很好，讓師母放心。」

「老師和師母的感情真好，令人羨慕。」

師母笑著說：「我們結婚六十年啦，從來沒吵過嘴，前年我摔了一跤，只好坐輪椅，你老師對我照顧得無微不至，中荃呀，少年夫妻老來伴，你要珍惜少年時的愛人，到了老年才不會有孤獨淒涼的感覺。」

告別了李教授和師母，中荃回到辦公室，心緒煩亂什麼也做不下去，熬到下班，找了一家安靜的西餐廳，獨自坐在角落裡，不斷地沉思和禱告。

他心想，今天的事好奇怪，怎麼會接連遇到鄧伯母和李老師？而他們都提到夫妻相處之道，年紀越大越覺得夫妻之間感情越可貴，素娟和自己相處了三十多年，和自己生命一樣長，認識對方就像認識自己。中荃覺得和素娟的感情深厚是無法測量的，現在認識了佳媚，佳媚太漂亮了，被她的美色迷住，但一個女人外表的美麗能永久保留住嗎？自己對佳媚有感情嗎？自己不是會懷疑佳媚口裡說的到底是真心話，還是臺詞嗎？佳媚對自己有付出感情嗎？如果他跟佳媚結婚會幸福嗎？他忘得了素娟和小蜜嗎？一連串的問題，在中荃定下心來後，一一都有解答，這些答案都指引中荃的方向，那就是不能離婚，不能自己拆毀三十幾年修築的幸福人生道路。

中荃低下頭來禱告，「親愛的天父，謝謝祢一連派了兩個天使來儆醒我，讓我不要走到人生的岔路上去，主啊！我要回頭，走回主的道上，請主引領我。」

晚上十點，中荃回到家，素娟在客廳等他。中荃內心十分緊張，素娟卻表現得相當冷靜。素娟說：「我今天找了一位當律師的同學談過，她幫我寫了一份離婚協議書，我只要小蜜和這間房子，你手上有現金和股票八千萬，我都不要，留給你去建立新家用。協議書在桌上，你簽字吧！」

中荃走到桌邊，看了離婚協議書一眼，拿起放在桌上的簽字筆，在協議書上畫了一個大大的叉。

素娟皺著眉說：「你幹什麼？」

中荃跪在素娟面前，流著淚說：「素娟，原諒我，我對不起妳，這半年來我像在做惡夢，被撒旦引到歧路上去，上帝指引我趕快回頭，我已經向上帝懺悔認罪，現在也要向妳懺悔認罪，素娟，請原諒我，我要為這半年來的罪行求妳寬恕我，我會切斷和佳媚的一切關係，全心回到我們甜蜜的家，素娟，請原諒我吧！」

看著跪在地上哭泣的中荃，素娟也忍不住淚如泉湧，把中荃拉了起來說：「中荃，你不離婚了？」

中荃握住素娟雙手說：「不離婚，我們永遠不離婚。」

素娟說：「那麼，我們是破鏡重圓了？」

中荃說：「不，我們的鏡子沒有破，只是鏡面上被我灑了灰，上帝用祂慈愛的手已經把灰擦掉了，現在又是潔淨明亮的鏡子了。」

中荃說著就緊緊抱住素娟，很久很久都不放開。

三代情

我們祖孫三人領受了主的道和恩慈，要永遠走在主的道上，永遠追隨主！

今天是個晴朗的好天氣，秋高氣爽，微風拂面，令人感到無比舒暢，信民心情十分興奮，買了許多菜，從一早就在廚房準備菜餚，因為他的兒子永樹要回家了。兒子離家二十五年，信民已經不記得永樹喜歡吃什麼了，今天先把自己擅長做的幾樣菜拿出來吧！

「爺爺，我把房間整理好了，床上的床單、棉被、枕頭全換了新的，書桌也弄乾淨了。」信民的孫子家榮跑進廚房來。

「好，我來看看。」信民說著，就把瓦斯爐的火開到最小，讓鍋子裡的雞湯慢慢燉。接著走到中間的房間，那是永樹二十五年前住的房間，房裡放置了一張雙人床、一張書桌、兩張椅子、一個衣櫃。信民望了房間一眼，看到床上的床單、棉被、枕頭都是他昨天晚上和家榮去買來的，衣櫃也清空了，便拍拍家榮的肩膀，笑著說：「家榮，真能幹，你爸爸回來一定住得很舒服，不過，家榮，你自己睡那兒？」

家榮拉著爺爺到隔壁一個小房間，這小房間原來是儲藏室，堆了許多雜物，家榮把這些長年不用的雜物都清掉，打掃乾淨，悄悄去買了一張單人床，剛好塞滿了小房間。信民看後，伸出大拇指誇獎道：「能幹，做得真好，只是房間太小，家榮，你把衣服都放到我的房間去，我房間的衣櫥有一半給你用，書桌也給你用。但你這小房間沒窗，我們去買一臺冷氣機，讓這小房間也能通風，才能睡得舒服一點。」

「哇，裝冷氣，太好了，爺爺，謝謝你。」家榮高興得跳起來，抱住爺爺，在信民的臉上用力地親了一下。

「你還像小時候一樣頑皮。」信民笑著拍拍家榮，「買冷氣機只是暫時的，我想要的是買新房子，我要買幢有四個房間的新房子。」

「爺爺，爸爸回家，我們家有三個人，為什麼要買四間房？」

「家榮呀，你可以結婚啦，結了婚就會生孩子，我要為你的兒子準備房間呀！」

「爺爺，」家榮低下頭，害羞地說：「我還沒有女朋友。」

「沒關係，」信民雙手扶住家榮的肩膀，「你長得面目清秀，斯文有禮，大學畢業，有正當職業，品德優良，誠實負責，一定會有好女孩會看上你的。哎呀！我得去看看廚房燉的雞湯了，家榮，你去把玻璃窗擦一遍。」

走進廚房，牆壁上的鐘正好四點，他得準備晚餐的菜飯了，永樹說五點鐘會回到家，他得快點做。然而，腦海裡卻浮現出一幕一幕的往事。

永樹是信民的獨子，信民的妻子生永樹時難產而死，所以永樹一出生就失去母親，信民在妻子的靈堂前痛哭流涕，對著妻子的遺體發誓，他不會再娶，他要好好把孩子養大成人。

信民在一家建築公司擔任工地主任，每天和建築工人相處，養成他講話粗聲吼叫，動不動就罵人，看起來脾氣暴躁。他不自覺地把這種習慣帶回家裡，他對兒子永樹也是粗聲粗氣，看起來像一個兇巴巴的父親，所以永樹從小就怕爸爸。尤其當永樹上小學開始，信民就十分重視永樹的學業成績，只要永樹的考試成績不好，信民都會打罵孩子，這讓永樹對爸爸越來越害怕，不幸的是永樹生性好動，不喜歡念書，脾氣又很暴躁，在學校裡不但功課成績不好，而且常和同學打架，從小學到高中，永樹都是老師們眼中的問題學生，當然也不斷遭到父親的責打，使永樹身心都有無數的創傷。

高中畢了業，永樹沒考上大學，只好開始工作，由於沒有一技之長，加上脾氣不好，不容易找到好工作，只能找一些靠勞力的臨時工。這些工作都不固定，所以永樹常不回家，經常在外面鬼混，讓信民頭痛不已。信民希望永樹能夠上進，但信民自己的學識水平也不高，不知道該怎麼去幫助永樹。有一天信民忽然想到一個主意，何不讓永樹早點結婚，結了婚，永樹就是有家室的人，如果生了兒子，永樹便是做父親的人，那一定不會再在外面鬼混，惹是生非了。

於是，信民託朋友代為物色，有人向信民介紹一個名叫秋菊的女孩，十八歲，是個孤女，由祖母扶養長大，生活十分困苦，小學畢業後就沒繼續求學，在幾個鄰居家裡做清潔工，信民和秋菊見了面，覺得秋菊溫柔又能努力工作，個子瘦瘦小小的，面貌清秀，是一個善良的人，便立刻向秋菊說明要為兒子說親的事，介紹人在旁邊對秋菊介紹了信民的職業和家庭狀況，秋菊早就想有一個自己的家，便答應了。

信民回家把秋菊的事告訴永樹，永樹原本就懼怕父親，父親決定的事豈敢反對，於是親事就決定了，永樹和秋菊兩人很快就結了婚，婚後兩人仍住在家裡。

這樁婚事完全是「父母之命」的結果，永樹心裡並不高興，婚後兩人的感情並不和睦，秋菊性格溫和柔弱，不會和人起爭執，永樹常故意指責秋菊，甚至拳打腳踢，秋菊受到侮辱和毆打，只會哭泣，這事讓在同一屋簷下的信民感到很難過，心想自己促成兒子的婚事是否錯了。

過了一年，秋菊生了一個兒子，取名家榮，信民盼望永樹做了父親後能改善對秋菊的態度，然而，信民失望了，永樹依然故我，家暴不斷，家中充斥著秋菊的哀哭聲和嬰兒的哭叫聲。信民回到自己房間，關上門，雙手掩面，跪在地上，不斷自責，「我作了孽，害了一個好女孩，也害了這個小生命，我該死，老天爺啊，懲罰我吧！懲罰我吧！」

日子一天天過去，秋菊實在受不了，要求離婚，永樹立刻寫了離婚同意書，只是秋菊捨不得兒子家榮，一直沒去辦離婚手續。當家榮五歲時，有一天晚上，永樹醉醺醺地回家，又開始打秋菊，秋菊被打得流鼻血，兩眼腫起來，大叫救命。信民從房間出來，看到秋菊滿臉是血、哭著衝出家門，永樹還在咆哮罵人，信民氣得跑到永樹面前大聲吼道：「永樹，你還是人嗎？」說著一巴掌打在永樹臉上，永樹對信民也大吼一聲：「你從小打我罵我，我恨你，我不要這個家。」接著一拳打過去，把信民打倒在地，立刻衝出門去。

信民跌坐在地上，好痛，不是被打的地方痛，是心裡好痛，永樹的這一拳讓信民心碎了。忽然，他看到五歲的小家榮蜷縮在房間的角落，一直在發抖，信民站起來走向家榮，家榮跳了起來，撲到信民的懷裡，嚎啕大哭起來，信民緊緊地抱住家榮，淚水不停地滴在家榮頭上。

兒子與媳婦都離家了，由於信民平日要上班，他找了一個女工阿蕙來幫忙管理家務，主要也是照顧家榮，這樣的日子大約過了一年後。有一天，一個警察來找信民，告訴信民，永樹參加了一個幫派，吸毒又販毒，一次和同幫派弟兄喝酒，酒後大吵起來，永樹拔出小刀，把弟兄刺死了，永樹當場被逮，經過法院審判，判了二十年徒刑。

這個消息幾乎讓信民昏厥，信民冷靜後問清楚狀況，趕到龜山監獄。

隔著一片玻璃，信民看到永樹，剃了光頭，穿著監獄的囚服，滿臉憔悴。「爸爸，我對不起你。這一年來，我像在做夢一樣，活在黑暗裡，幹了許多壞事，被關進來也不敢告訴你，我沒臉見你。」說著，永樹就大哭起來。

信民也跟著流淚，他沒有責備永樹，反而安慰永樹，並且要永樹放心，他會照顧家榮，會客的時間結束，永樹對信民說：「有位黃牧師常到這裡來，對我們講《聖經》的道理，我很有興趣，黃牧師要我去買這兩本書來讀，爸爸，可不可以請你幫忙買，下次來時帶過來？」

信民回到家，打開永樹給他的一張紙條，上面寫著兩本書的書名，一是《聖經》，一是《聖經故事》。信民立刻找到一家大書店，買到了這兩本書，當天晚上他獨自在房間裡讀這兩本書，他先翻開《聖經》念了兩頁，似懂非懂，覺得無趣，就拿起《聖經故事》，這書是用白話寫的，淺顯易懂，故事也很有趣，他便一口氣把書看完了，看了以後他閉起眼睛，心裡有了很深刻的領悟，耶穌一再說要愛人，這道理他懂，但耶穌說要原諒別人的過錯，寬恕別人，要原諒七十個七次，他想到自己對永樹……他愛永樹是絕對真心的，但永樹從小犯錯他總是用打罵的方式來對待，沒有原諒，沒有寬恕，他以為打罵就是愛，現在看來真是大錯特錯，永樹會淪落到今天的境地，身為父親的他要負最大的責任，想著想著，信民掩面而泣，「永樹，是我害了你，原諒我，原諒我的愚昧無知！」

時間一年一年過去，家榮已經大學畢業，他大學念的是會計系，畢業後在一家貿易公司做會計，可算是學以致用。這十幾年的求學過程中，家榮過得很平穩順利，雖然父母不在身邊，但爺爺看護得無微不至，爺爺兼代了父職和母職，不但照顧他的衣食住行，還帶他去各處遊玩，看電影、看展覽，假日裡祖孫二人經常騎著腳踏車到郊外暢遊，家榮在爺爺的呵護下長大，覺得爺爺是他的保護神，有了爺爺他就有安全感。

「叮咚！」門鈴響了，家榮飛快跑去開門，永樹站在門口，家榮曾幾次到監獄探望爸爸，並不陌生，他見到永樹說了聲：「爸爸，」轉頭喊著「爺爺！爸爸回家了！」

信民從廚房跑出來，永樹大步向前，跪在信民腳前，哭著說：「爸，不孝的兒子回來了，請您原諒我。」

信民也淚流滿面，用手拉起永樹，「回來就好，家榮，帶你爸爸到房間，放下行李，洗個臉，準備吃晚飯。」

家榮拉著永樹的手走進房間，笑嘻嘻地說：「爸，你原來住的房間我幫你打掃乾淨了，這床單、枕頭、棉被都是爺爺和我去新買的，你看合不合適。」

永樹緊緊地抱住家榮說：「家榮，我對不起你，請你原諒我。」

「你是我爸，我愛你。」家榮在爸爸的懷抱中說。

在餐桌上已經擺好六樣大菜，三個人坐下，信民說：「我們先做謝飯禱告。親愛的天父，感謝主賜給我們二十年來第一次全家團圓晚餐，我們祖孫三人在主的面前要獻上至誠的感謝，我們在沒有認識主以前遭到許多挫折和痛苦，主要是因為我們還不認識主，沒有領受主的指導和恩澤，二十年前，我們祖孫三人都受了洗，領受了主的道和恩慈，讓我們成為一個新造的人，謝謝主的恩典，從今以後我們會謹慎地走在主的道上，也請主賜給我們全家平安健康。今天晚上謝謝主賜給我們豐盛的晚餐，我們帶著感恩的心來領受。這樣的禱告是奉主耶穌基督的名，阿門！」

飯後，祖孫三人在客廳喝茶，信民問：「永樹，你未來打算做什麼呢？」

永樹回答說：「我想去讀神學院，黃牧師也鼓勵我去。不過神學院要考試才能進去，家榮，你可不可以幫我準備考試的資料？」

「爸，我一定盡力。」

「太好了，永樹要做傳道人了，這真是徹底的重生，來，我們站起來，手牽著手禱告。」

信民先站了起來。

「主啊！感謝主賜給永樹重生，讓他獲得一個新生命，我們全家都會支持他，讓他把全部生命都奉獻給主，我們祖孫三人也要永遠走在主的道上，永遠追隨主，阿門！」

禱告結束，三個人抱在一起，又是哭，又是笑，三顆心好像合在一起了。

爺爺的水彩畫

看見爺爺的水彩畫就像看到爺爺一樣，
這是我的無價之寶。

時間是一九五〇年，臺灣臺東縣山區裡有個小村落，只有大約一百戶人家，生活相當窮困。村裡有一對祖孫，爺爺叫郭升平，孫女叫郭怡真，郭怡真的父親郭英成到縣城裡工作，每一兩個星期才回來一次，這是因為縣城和村落交通不大方便，沒有車道，只有崎嶇的山間步行小路，走一趟大概要五個小時，所以郭英成只好一人住在縣城裡，怡真的母親則在怡真三歲時便去世了。怡真和爺爺二人住在山上，爺爺把怡真照顧得非常好，讓幼小的她從未感受到失去母親的痛苦，並在爺爺的呵護下，擁有一個快樂的童年。

山區沒有遊樂場，沒有玩具店，但整個山巒溪水成為一個自然的遊樂區，怡真在山區成長，每天跟著爺爺走山路，玩溪水，採野花，看飛鳥，生活十分快樂。爺爺有一大片林地，闢為果園，種了各種水果和蔬菜，傍晚爺爺會背著一個竹簍，竹簍裡裝了從林中採的水果和蔬菜，作為祖孫二人的食物；有時爺爺也會到溪邊去釣魚，作為餐桌上的美味。

怡真六歲時，爺爺把怡真送到山區小學，這小學也在山裡，沿著山間小路走二十分鐘才能到，爺爺每天早晨送怡真去上學，下午三點多鐘再接怡真回家，雖然辛苦，幸好爺爺身體健康，不以為苦，何況祖孫二人說說唱唱，走得十分快樂，大大增進祖孫感情。

有一天，爺爺問怡真想不想學畫畫？怡真高興地回答：「願意，爺爺，我看過你在畫，但我不會，你要教我。」

爺爺拿出一張紙和幾支鉛筆，先教怡真用鉛筆畫素描，等怡真懂得鉛筆勾勒的技巧和構圖的概念後，再教怡真水彩。接著爺爺教怡真畫靜物，像水果、蔬菜、家具等，經過幾個月的訓練，爺爺拿了兩塊畫板和工具，和怡真一起到溪邊，祖孫二人同時對著山水風景寫生，各自揮筆，其樂融融。

怡真有繪畫的天分，有一天，爺爺看到怡真畫了一個農夫牽著牛在耕田，一條小黑狗在遠處觀看，覺得好生動，便大聲喝采道：「怡真，妳這幅畫太好了，比爺爺畫得好，將來一定會成為名畫家。」

爺爺的誇獎讓怡真高興極了，她從此立定志向，要成為畫家。

怡真十歲時，有一天忽然發起高燒來，山區沒有醫院，也沒有醫生，爺爺立刻背起怡真，直奔下山，走了四個多小時，終於把怡真送到臺東醫院。醫生和護士看一個六十歲的老頭背著十歲的孩子走了如此長的路來醫院，都十分感動，醫生為怡真仔細檢查，診斷是得了肺炎，要住院治療。

晚上，怡真的爸爸英成也趕到醫院，看看發燒昏迷中的怡真，再看看頭髮斑白的父親，忍不住熱淚雙流，握住父親的手說：「爸，你背怡真走這麼遠的山路，太辛苦了，真對不起你！」

爺爺笑了笑，「還好，我這副老骨頭還撐得住，怡真從沒生過病，這一病就嚇死我了，我拚了命也要救怡真。」

「爸，你和怡真都搬到市區來住吧！」英成說。

爺爺搖搖頭說：「我在山上住慣了，何況那一大片果園我也放不下心來，我不會下山的，至於怡真，再過兩年就小學畢業了，她必須到市區來念中學，那時候，怡真就跟你住了，你得好好照顧她。」

「爸，你今天累了，回我的住處睡覺吧，我在醫院陪怡真。」

「不！」爺爺搖手反對，「英成，你明天還要上班，你回去睡覺，我在怡真的床邊打個地鋪就可以睡了，剛才好心的護士小姐給我一個軟床墊和兩床棉被，就夠我用了，如果我離開醫院，我一定睡不著，十年啦，這十年來，我沒有一天晚上不跟怡真在一起，怡真是我的命呀！」

「爸爸！」英成淚流滿面，緊緊地抱住自己的爸爸。

怡真在醫院住了三天，痊癒後，又回到山區過他們原本的生活。

怡真小學畢業後，不得不離開爺爺到市區上中學，但怡真每個週末都會回山上看爺爺，星期天才回來。

怡真高中二年級時，爺爺心臟病突發過世，怡真和父親連夜趕回山上，怡真抱住冰冷僵硬的爺爺哭得死去活來。

辦好爺爺的喪事，怡真和父親回到市區，怡真也回到學校上課。

怡真在學校最喜歡的科目是美術，教美術的謝老師看出怡真有繪畫天分，總盡力指導怡真，並讓怡真學習油畫，從高中一年級起，怡真不斷努力練習油畫，進步神速，怡真和謝老師也建立起深厚的師生情誼。

「怡真，妳有幾天沒來學校，發生了什麼事？」謝老師問。

「老師，爺爺走了！」怡真偎在謝老師懷中哭起來。

「怡真，別難過，」謝老師拍拍怡真的肩膀，「我知道你們祖孫情深，但爺爺走了，痛哭也沒法把爺爺叫回來，怡真，不要忘記爺爺對妳的期望，要做一個畫家，妳不妨振作精神，畫一幅紀念爺爺的作品，作為永遠的懷念。」

在謝老師的鼓勵和指導下，怡真認真地繪製一幅油畫，花了整整一年時間，油畫完成了，畫的是一個老人和一個小女孩依偎坐在果樹園林的大石板上，老人正剝開橘子，送一片橘子到小女孩嘴邊，小女孩張開口要接這片橘子。

謝老師走進美術教室，怡真把畫架上的布掀開，謝老師站在畫架前凝目沉思，淚水漸漸盈眶，「怡真，妳畫得太好了，太好了，我深深感受到這對祖孫心裡的愛。」

「老師！」怡真大哭起來，緊緊抱住謝老師，「我三歲就失去母親，爺爺替代了母親，給了我母愛，爺爺走了，我每天晚上都在枕頭上哭，我好想爺爺。我失去母親，又失去爺爺，我怎麼辦？老師，我知道妳也愛我，老師，妳做我的媽媽好嗎？」

謝老師也緊緊摟住怡真，「怡真，乖孩子，我會把妳當我的女兒。」

「媽！」怡真哭著把謝老師抱得更緊。

怡真高中三年級了，有一天，謝老師把怡真叫到辦公室，對怡真說：「我看到教育局給學校一份公文，要辦臺東縣美術比賽，邀請學校推薦作品，怡真，我想把妳那幅《祖與孫》送去參賽，好不好？」

怡真點點頭說：「請老師作主吧！」

於是這幅《祖與孫》送到了教育局。

三個月後，教育局宣布共收到參選作品九十件，分為社會組和青年組，每組又分為中畫和西畫，即日起在縣政府大禮堂公開展出，並聘請十位教授和著名畫家為評審委員。

經過一個月的評審，終於到了頒獎之日，得獎名單在當天當場宣布，頒獎典禮在縣政府大禮堂舉行，由縣長頒獎，出席者包括參賽者和愛好繪畫美術者，另有大批新聞媒體參加，約有

三、四百人擠滿了禮堂。

怡真的作品獲得青年組西畫類第一名，她走上臺從縣長手裡接受一面獎牌和獎金五百元。獎項頒完後，司儀高聲說：「頒獎完成，接著請佳賓致詞，他是從臺北專程趕來的趙振鵬先生，趙先生是知名的藝術品收藏家，他在臺北開了一間畫廊，是藝術家們常去聚會的地方，現在請他要幾句話。」

接著，一個穿著西裝的中年男子上了臺，用響亮的聲音說出他的來意。

今天很高興能來參加這個頒獎典禮，感謝縣長給我這講話的機會。

我很喜歡收藏畫，無論是中畫、西畫都收藏，由於看畫看得多了，對鑑賞畫漸漸有了心得。這次臺東舉辦美術大賽，讓我感到很興奮，臺東是臺灣東部的一個偏遠縣市，對外交通不便，經濟並不繁榮，外面的人把臺東看成是一個偏僻落後的地區，我很好奇臺東縣政府竟會辦美術大賽，當參賽作品公開展出時，我從臺北搭了十幾個小時的車來臺東，想要看看這個經濟沙漠中有沒有文化奇葩。

當我瀏覽了全部展品，發現有一幅油畫讓我震驚，那是題名《祖與孫》的一幅油畫，這幅畫無論構圖、筆法、色調都是上乘之作，尤其是祖父對孫女那種愛護的神情讓我深深感動，那種神情讓這幅畫活了起來，這是藝術品最高價值的所在，我在這幅畫前一再徘徊，不捨得離開，我去問教育局的承辦人，這幅畫是誰的作品，承辦人告訴我是一個十七歲的高中女孩。我相信這作品一定會得獎，果然評審委員們很有眼光，這幅畫果然得了第一名，我很想在這頒獎典禮上見見這位同學。

「郭怡真同學請上臺。」司儀喊著。

怡真快步地上了臺，趙先生伸手和怡真握了一下，便問怡真：「妳這幅畫是怎麼畫出來的？」

怡真接過麥克風，望著趙先生說：「這幅畫的人物是爺爺和我自己，我是爺爺帶大的，住在山區，爺爺有一個果園，種了許多水果和蔬菜，爺爺每天帶我到果園去，那時我只有四歲多，爺爺常常餵我吃水果，這幅畫是我憑著記憶的寫實畫。」

趙先生問：「妳和爺爺的感情好嗎？」

怡真回答：「我三歲的時候媽媽就去世了，父親在臺東縣城裡工作，爺爺帶著我住在山上，爺爺不僅是爺爺，他還兼了父親和母親的職責，他不但照顧我的生活，陪我玩耍，讓我有個快樂的童年。爺爺愛我，把我看成是他的命，記得我十歲那年的夏天，我突然得了急性肺炎，發起高燒，有點氣喘，不斷咳嗽，那時爺爺六十歲，背著十歲的我，一口氣走了四個多小時，把我送到醫院急診，醫生說如果再晚一點送來，就無法救了。」

臺下響起了一片掌聲，怡真接著說：「我十三歲以前，和爺爺相依為命，去年，爺爺去世了，我心裡難過極了，我的美術老師謝老師要我把對爺爺的懷念畫出來，於是我用了一年時間畫成了這幅《祖與孫》，作畫的時候我幾乎都在哭，這幅畫實在是用油彩和我的淚水畫成的。」

怡真用手擦著眼角淚水，臺下又是一片掌聲，趙先生說：「怡真同學，妳的這份感情很讓我感動，我要送給妳一件禮物。」這時有人拿了兩個帶框的畫放在臺上，趙先生說：「這兩幅畫，一幅是油畫，一幅是水彩畫，兩幅畫似乎在畫同一個地方，有山有瀑布，其中一幅是名家的作品，價值兩萬元，另一幅不知道作者是誰，在市場上最多值一百塊錢，怡真同學，我送給妳一幅，妳選那一幅？」

怡真盯住畫，哭了起來，跑上前去，用雙手緊緊抓住水彩畫。

趙先生驚訝地問：「妳看不出這油畫比水彩畫好得多麼？為什麼選水彩畫呢？」

怡真哭著說：「這水彩畫是爺爺的作品，爺爺喜歡繪畫，他是我的繪畫啟蒙老師，他都畫小幅的畫，這是他唯一的大幅畫，是我十一歲那年畫的，爺爺不在畫上簽名，他說他不是畫家，沒有資格在畫上簽名，但他在每幅畫上會留下一個像小黑狗的圓形標記，就是右下角這個暗記。爺爺去世後我整理他的遺物，找不到這幅畫，不知道到那裡去了，今天竟然看見，就像看到爺爺一樣，我不要那值兩萬元的油畫，爺爺的水彩畫是我的無價之寶。」

趙先生聽完眼眶不禁濕潤，向前握住怡真的手。此時，臺下響起了如雷的掌聲。

一個女孩的故事

愛一個人是件牽腸掛肚的事，不要討厭這種負擔，這是神賜予的恩惠。

有對胡姓夫妻和名叫巧慧的女兒居住在臺灣南部的一個城市中。

胡先生是一家公司的經理，家境還算富裕，鄰居們都知道胡先生家庭和睦，對女兒十分疼愛，常常帶女兒去逛街購物、去旅遊、去看電影、去運動……把女兒當成寶貝，照顧的無微不至，從幼兒園到現在念高中了，上學、放學，胡媽媽都要接送，唯恐有所閃失。

雖然胡伯伯、胡媽媽對巧慧照顧周到，但巧慧卻常對爸爸媽媽發脾氣。巧慧的脾氣暴躁，個性剛烈，叛逆性強，稍不如意，便會哭鬧和板起臉不理人，胡伯伯和胡媽媽總是陪著笑臉，說好說歹，讓巧慧消氣。

巧慧在城裡一所女子中學念高一，由於為人不隨和，在同學間人緣並不好。巧慧最要好的同學是同班的張家慧，也許是巧慧和家慧的名字都有個慧字，兩人相處就像姐妹一樣，常常在一起，巧慧也常到家慧家裡去玩，兩家的媽媽也很熟了。

有一天放學時，胡媽媽照例來到學校門口等巧慧，等了一會兒，沒見到巧慧的影子，卻看到家慧急急地跑來，拉著胡媽媽說：「胡媽媽，巧慧在校長室，我帶妳去。」到了校長室，胡媽媽看到巧慧低著頭站在校長面前，校長正在對巧慧說話，胡媽媽忍不住衝了進去，緊張地問：「校長，巧慧犯了什麼過錯？」

校長站起來迎接胡媽媽，請她坐下來，說明著：「巧慧和人打架，把同學的鼻子打出血了。」

家慧站在旁邊，忍不住搶話，「那是高二義班的趙玫要勒索我們班的李儒芬一千塊錢，李儒芬不給，趙玫就打了李儒芬兩拳，把李儒芬打倒在地上，我們班上好幾個同學都看到，但是大家不敢出來，只有胡巧慧一個人挺身而出對抗趙玫，巧慧揮出一拳，打中趙玫的鼻子，趙玫的鼻子流了血，這時老師來了，把趙玫帶到醫務室去了，校長，巧慧是見義勇為，趙玫才是勒索打人。」

校長點點頭說：「我知道，所以我沒有處罰巧慧，胡太太，妳把巧慧帶回去吧！」

胡媽媽帶著巧慧回到家，胡伯伯正在客廳裡焦急地等著。胡媽媽把事情的經過告訴了胡伯伯，胡伯伯很嚴肅地對巧慧說：「巧慧呀，妳今天的行為雖然得到校長的諒解，沒有處罰妳，但打人總是不對的，妳要改正妳那容易衝動和暴躁的脾氣。」

「我是為正義打人，校長都沒責備我，你們總是怪我，如果我不對，你們不要管我好了。」巧慧大聲回應著。

胡伯伯有點生氣，也大聲說：「妳是我的女兒，我教訓妳有什麼不對。」

「你們天天教訓我，天天綁住我，不給我自由活動的時間，把我當囚犯，跟蹤我，監視我，我受不了，我要逃跑，我不要待在這個家了。」巧慧非常不服氣。

「啪！」一聲，胡伯伯給巧慧一個大耳光，打得巧慧楞住了，接著大哭起來，胡媽媽摟著她進了房間。

第二天，學校午休時間，巧慧和家慧到學校後方的一個幽靜小花園裡，巧慧說：「昨天我爸爸打我一個耳光，我決定要離開家，家慧，我住到妳家可不可以？」

「當然可以，只是巧慧呀，妳爸爸媽媽恐怕受不了。」

「不要管他們，我要離開這個監牢，離開那兩個獄卒，我要自由。」

放學了，她們倆從學校側門出來，直接回到離校不遠的家慧家裡，家慧把巧慧想留下來的事告訴媽媽，張媽媽立刻要家慧打手機跟胡媽媽說，以免她擔心。

果然，胡媽媽正在校門口十分焦急，深怕巧慧又出什麼事。手機響了，接通後傳來家慧的聲音，「胡媽媽，巧慧在我家，妳快過來吧！」胡媽媽急忙趕赴。

見到巧慧，胡媽媽氣喘吁吁地說：「巧慧呀，妳到這裡來也不先告訴我一下，讓我嚇死了。」

「我不要回家。」巧慧別過頭，不理媽媽。

張媽媽走過來，拍著巧慧的肩膀，「巧慧，不要生氣了，媽媽急成這樣子，還是跟媽媽回家吧！」

「不！」巧慧站了起來，嘟著嘴，「我要到姨媽家去。」

胡媽媽對張媽媽解釋：「巧慧的姨媽就是我的姐姐，姐夫是牧師。巧慧很喜歡姨丈和姨媽，她常去姨媽家玩。」

於是，胡媽媽帶著巧慧來到姨媽家。

姨媽對胡媽媽和巧慧突然到來有些意外，見她們兩人臉色都不好，心想一定有什麼事情發生了，於是請她們坐下，倒了兩杯茶，正要問發生什麼事情，門鈴響起，胡伯伯也趕來了。

姨媽仔細聽胡媽媽把事情的經過敘述一遍，最後胡媽媽對姨媽說：「姐，巧慧不肯回家，她要跟妳住。」

巧慧說：「姨媽，我跟妳住，妳對我好，尊重我的自由，不像他們，一天到晚都在監視我，去那裡都不自由。」

姨媽過來坐在巧慧的旁邊，對她說：「巧慧呀，不要認為爸爸媽媽在監視妳，他們實在是愛妳，哪一個親戚、朋友、鄰居不稱讚妳爸爸媽媽的愛心，說他們對妳的愛，超過了父母對親生女兒的愛。」

巧慧聽完站了起來，「什麼？我不是他們生的？」

姨媽愣了一下，也站起來，對胡媽媽說：「哎呀，我說溜了嘴，妹妹，對不起，不過，我想巧慧也大了，都念高中了，應該能分辨善惡是非了，是可以告訴她事情真相的時候了，你們就把她的身世告訴她吧！」

胡伯伯見妻子用手蒙著臉在哭泣，只好由他來說：「好，就讓我說吧！我記得很清楚，在十六年前的二月十四日，那是剛過了農曆春節後幾天，那天下午五點左右，我們剛從一個朋友家拜年回家，天快黑了，風颳起來很冷，走到家門前小公園時，聽到有嬰兒的哭聲，我們循聲去找，在角落的石椅上發現一個小嬰兒，身上包著床單，哭得鼻水眼淚流滿了臉，我和太太互望一眼，見公園裡沒有人，如果任憑嬰兒留在公園，恐怕會沒命，我們相互點點頭表示雙方的心意，便伸手抱起嬰兒，迅速回家，為嬰兒加上毛毯，餵食一些熱米湯。巧慧，這嬰兒就是妳。」

巧慧睜著大眼，好奇地問：「那我是個棄嬰了，我的爸爸媽媽是誰？為什麼要遺棄我呢？」

「不知道，」胡伯伯說：「我們等了幾天，都沒人來找我們，我們正好沒有孩子，便決定收養妳。」

巧慧這時也哭泣起來，姨媽拿了幾張面紙給巧慧，要巧慧坐下來，「巧慧，別哭，下面還有故事呢，妹妹，妳來說妳親身經歷的事吧！」

胡媽媽用手帕擦乾眼淚，哭過的她聲音低啞，她緩緩訴說那段故事。

我們收養了巧慧之後，大概過了三個月，有一天早上八點多鐘，我把巧慧放在娃娃車裡，推著車到超市去買菜，由於時間很早，超市裡幾乎沒有顧客，我選了幾樣菜，到收銀臺去結帳，娃娃車放在身後不遠的地方，等我結完帳，回頭一看，大吃一驚，娃娃車裡的巧慧不見了，我大叫，然後看見一個女人正抱著巧慧往大門走，我和收銀小姐急奔過去，到門口追到了那女人，我急忙搶過巧慧，大聲問：「妳為什麼要偷走我的孩子？」

那女人含淚哭著說：「她是我生的孩子。」這句話像一聲雷打在我的耳中，我幾乎站不穩向後倒，收銀小姐立刻把我扶住。我問她：「妳為什麼要拋棄她？」

那女人說：「請妳不要報警，我來說一下原因。我和我丈夫參加了一個販毒集團，也都染上毒癮，去年年底，我們正運送一批毒品從海邊偷渡上岸，被警察發現，雙方發生槍戰，我的丈夫當場被打死，我則幸運地逃脫了，但是警方到處要抓我，我成了通緝犯。」

她說到這兒，看了我一眼，哽咽地繼續，「集團裡的老人給我一點錢，要我租間小套房躲起來，當時我已懷孕八個月，因為怕被警察抓到，我不敢到醫院去，關在小套房裡大約一個月，眼看孩子就要生了，幸虧好心的房東幫我接生，才能母女平安。可是，我想我不可能養活這孩子，我還有毒癮，哪一天會被逮捕也不知道，甚至哪一天被打死也不知道，我一天到晚要躲藏、要逃亡，怎麼帶孩子呢？想來想去，只好把她放在公園，希望有好心人能收養她。那天我躲在暗處，看到你們把孩子抱走，我記住你們的住處，常常到你們家門口，希望能看到孩子，但都沒看到。今天早上，妳推著娃娃車出來，我就在後面跟著，趁妳去結帳不注意時抱走孩子，其實我只是想好好地看看她，我沒有能力養她，我會把她還給妳的。」

接著，這女人就跪下來對我磕了一個頭，口裡說：「謝謝妳。」接著爬起來轉身就跑出大門外。我還來不及問她的姓名和住所，等我追到大門外，那女人早已不知去向。這段經過，超市的收銀小姐可以做見證。

姨媽拍拍掩面哭泣的巧慧說：「這段經過在妳爸爸媽媽的心裡是深深的烙印，從此他們害怕妳的生母會來帶走妳，他們隨時盯住妳，不是監視妳，是怕失去妳，是愛妳啊！巧慧，妳還記得去年夏天的事嗎？」

巧慧點點頭，去年夏天巧慧得了急性腸炎，發高燒，又吐又瀉，爸爸媽媽把她送到醫院，醫生表示要立刻住院，巧慧一向身體健康，很少進醫院，住進病房，要做各種檢查，又是打針，又是吃藥，從來沒有經歷過的巧慧感到害怕，對媽媽說：「媽，我會不會死掉？」媽媽抱住巧慧說：「乖寶貝，不會的，媽會一直在妳身邊保護妳。」

巧慧在醫院住了七天，媽媽就守在病房七天七夜，爸爸要上班，但早中晚三次來醫院看巧慧。巧慧康復出院時，媽媽不斷向醫生、護士道謝，巧慧對媽媽說：「最該謝的人是爸爸媽媽，我現在才發現你們是我的守護神。」

巧慧想到這裡，抬頭望著淚流滿面的媽媽。姨媽對巧慧說：「巧慧，妳記得六歲的那年跌到小河裡的事嗎？妳媽和我帶妳到一個風景區去玩，妳很頑皮，爬到小河邊的欄杆上，一不小心就掉到河裡，妳媽急得大叫，立刻也跳下河去要救妳，然而妳媽和妳都不會游泳，在水裡掙扎幾下，就快要淹死了，幸好有兩個遊客跳下河去，把妳們救上來，當時警察問明事情的經過後，就責備妳媽說：『不會游泳，跳下去不但救不了妳女兒，自己也會被淹死。』妳媽緊緊地抱住妳，哭著說：『如果巧慧死了，我也活不下去。』」

巧慧聽姨媽說到這裡，大叫一聲「媽！」衝到媽媽面前緊緊抱住她。

胡伯伯、胡媽媽對巧慧的愛是純真的，是完全付出的，並不祈求報償。然而，愛一個人是件牽腸掛肚的事，對付出的人和被愛的人都是一種負擔，不要討厭這種負擔，這種負擔是神賜予的恩惠，人間有愛才會覺得溫暖，如果沒有承擔過這種牽腸掛肚，是白白糟蹋了這一趟人生。

她是我的妹妹

不要認為只有愛情才是愛，人世間充滿
各式各樣的愛，才溫暖，才豐富。

一九六〇年代的臺北還是一個農業城市，工商業尚不興盛，人們的生活顯得相當平淡。四月的天氣晴和，暖陽灑在大地，公園裡一片碧綠，鳥兒在樹枝上飛躍，孩子們在遊樂場玩耍。

下午四點鐘，學校放學了，小公園裡漸漸熱鬧起來，一個小女孩在公園裡啼哭，聲音又尖又亮，顧宇智背著書包正穿過公園要回家，聽見小女孩的哭聲，便朝哭聲找過去，看到一個小女孩正坐在草地上大哭，他跑到小女孩身邊，問她為什麼哭，小女孩指著遠處一個男孩，「他搶我的布娃娃。」宇智立刻衝到那男孩面前，一把將布娃娃奪過來。

宇智今年十歲，身體健壯，那男孩在宇智面前就顯得矮小瘦弱一些，那男孩問宇智：「關你什麼事，你是誰？」宇智揮揮拳頭，「她是我妹妹，你敢欺負她，我就揍你。」那男孩一看情勢不妙，轉頭就跑了。

「來，妳的布娃娃。」宇智在小女孩身邊草地上坐下來，「妳叫什麼名字？幾歲啦？」

小女孩回答說：「我叫黃幸娟，五歲啦！」

宇智仔細看著幸娟的小臉蛋，覺得好可愛，心裡忽然產生一種想抱她的感覺，小聲地問：「我叫妳妹妹可以嗎？」

「好呀！」幸娟笑起來，「我沒有哥哥，我就叫你哥吧！」

宇智打開書包，拿出一顆糖給幸娟，「這糖給妳，妳喜歡嗎？」

「嗯，」幸娟剛把糖放入口中，就睜大眼睛含糊地說：「好好吃哦，我沒吃過耶。」

「這叫巧克力糖，既然妳喜歡，那麼這包就送給妳。」說著，宇智就把整包巧克力都送給幸娟。

「哇，謝謝啦，」幸娟站起來，「我要回家給媽媽吃，她一定也沒吃過。」

幸娟往前跑了兩步，被一塊凸出的小石板絆倒了，宇智趕快跑上去扶起幸娟，關心地問道：「怎麼啦？」

幸娟站起來，搖搖頭說：「我看不清楚。」

於是，宇智扶著幸娟送她回家。

晚上，宇智在家和爸媽一起吃晚飯，宇智說：「今天我在公園裡認識一個女生，她叫黃幸娟，好可愛啊！」

顧爸爸瞪了宇智一眼，「你才十歲就交女朋友了？」

宇智趕緊搖手說：「不是女朋友，是妹妹，她五歲。」

顧媽媽好奇地問：「你認了一個妹妹嗎？」

「媽，妳五年前說要給我一個妹妹，到現在妳都沒給，我想要一個妹妹。」

顧爸爸轉頭問顧媽媽，「妳說要給宇智一個妹妹嗎？」

顧媽媽嘆口氣，「你還記得嗎？五年前我懷孕了，醫生檢查說是個女生，我就告訴宇智說要給他一個妹妹，宇智高興得不得了，一直在問妹妹什麼時候來我們家，沒想到後來我會被一輛機車撞到而流產。」

顧爸爸點點頭說：「這事我記得很清楚。」

「已經五年了，沒想到宇智還記得。」顧媽媽說。

「媽，我知道妹妹死了，但如果妹妹活著是不是五歲了？幸娟今年五歲，我看到幸娟的時候心裡一跳，我的妹妹不正像幸娟一樣嗎？如果她是我的妹妹多好，所以那個搶她布娃娃的男孩問我是誰，我開口就說：『她是我的妹妹。』媽媽，妳要不要見見幸娟？」

顧媽媽點點頭說：「好呀，你帶她來我們家玩吧！」

第二天是星期天，宇智吃完早餐就去找幸娟，把幸娟帶回家來見媽媽。

顧媽媽對幸娟的印象極好，幸娟眉目清秀，一臉天真無邪的樣子，活潑卻有禮貌，稚嫩的聲音，一聲「顧媽媽」，惹得顧媽媽向前一把抱住幸娟，心裡像觸電一樣，這不正是我夢裡的女兒嗎？那從沒有被媽抱過的孩子呀！妳回到媽的懷裡來了！顧媽媽的眼淚不自覺地流出來。

「媽！妳幹嘛哭了。」宇智問。

「宇智，」顧媽媽站起身來，擦乾眼淚，「你叫她妹妹是對的，媽跟你一樣，看到幸娟有一種看到你妹妹的感覺。」

「好啦！」宇智對幸娟說：「我媽也說妳是我的妹妹啦，那妳就是我們家的妹妹了。」

「幸娟，妳去請妳媽媽來，我要和她聊聊。」顧媽媽說。

「好呀，今天是星期天，我媽在家。」幸娟說完，就跑了出去，宇智趕快跑上去握住幸娟的手，顯然是怕幸娟跌倒。

不一會兒，幸娟拉著媽媽的手來到顧家。

幸娟媽媽是一個老實又膽怯的女人，她一進來先自我介紹，「我叫宋佳玲，我是外省人，小時候父母帶我來臺灣，我六、七歲的時候父母都去世了，我們的鄰居林奶奶一個人獨居，把我收養下來，主要是陪她。林奶奶很窮，沒有能力供我讀書，所以我只念到小學畢業。我十八歲就結婚了，丈夫是做小工的，結婚一年多就生了幸娟，幸娟兩歲時我丈夫到海邊游泳，淹死了。我們家太窮，林奶奶也過世了，我帶著幸娟來到臺北，無依無靠，幸好遇到一位好心的牧師娘，她讓我們住在她家院子裡的儲藏室，我每天到附近人家做清潔和洗衣服，賺一點錢養活幸娟，我也沒錢送幸娟到幼兒園，每天我出門上工，就把她放在小公園裡自己去玩。」

聽了宋佳玲的話，顧媽媽深感同情，便對佳玲說：「我和我兒子很喜歡幸娟，我知道妳帶幸娟很辛苦，很想幫助妳，希望幸娟能受好的教育，過幸福的生活。」

佳玲露出疑惑的表情，「顧太太的意思是……。」

顧太太說起自己的想法，「我願意負擔幸娟的生活費用，從現在到大學畢業，包括教育費用和衣食住行生活費用，我的先生雖然是公司的總經理，但我們家不算很富有，不過培養幸娟長大成人還是可以做到的。佳玲，妳願意讓我們幫助幸娟嗎？」

佳玲的眼眶泛著光，不敢相信，「顧太太，妳為什麼要對我們這麼好？」

「我也不知道，也許是幸娟和我們有緣吧！佳玲，妳不要懷疑我有什麼企圖，我想我的動機是一份愛，妳現在住的地方不是牧師娘的嗎？她讓妳住了幾年，她有什麼企圖嗎？我想她是出於愛，我也是基督徒，我願意幫助妳也許是受耶穌基督的影響，我想發揮愛心，應該要不求任何回報，也不會有任何條件。」

這時，佳玲忍不住哭了出來，跪下向顧太太磕頭，顧太太趕緊把她拉起來，遞上面紙幫她拭淚，「明天妳到附近的銀行去開一個帳戶，我從現在起每個月會把幸娟的生活費用撥到帳戶去，我會把幸娟當成我的女兒，但我不是要切斷妳們的母女感情，幸娟還是跟妳住，我們兩家距離很近，妳和幸娟隨時可以過來，妳們也可以把這裡當成自己的家。」

「媽，幸娟的眼睛呢？」宇智提醒著。

「媽知道，」顧媽媽接著說：「我會帶幸娟去看眼科醫生，一定要讓幸娟的視力改善。」

從這天以後，幸娟幾乎每天都到顧家來，顧媽媽真像帶女兒一樣，帶幸娟去看醫生，以及買衣服、鞋子和生活用品。宇智也常會帶幸娟到兒童遊樂園，幸娟覺得自己像是生活在天堂。

十三年的時間飛逝而過，幸娟已經高中畢業，由於她喜愛唱歌和玩樂器，所以大學選擇了音樂系，宇智大學畢業後繼續念機械工程研究所。有一天，宇智為了慶賀幸娟考取大學，帶她到一家優雅的西餐廳晚餐。

用餐時，幸娟顯得十分興奮，忽然，幸娟壓低聲音說：「哥，你愛我嗎？」

「我當然愛妳。」

「哥，我看電影裡，兩個情人在一起總是在親嘴，哥，你會抱我，卻沒有親我，為什麼？」

「妹呀，妳是我妹妹，不是我的情人呀！」

幸娟叫了起來，「什麼，我不是你的情人？我一直愛你，你卻沒有把我當你的情人，你對我種種的好都是在騙我。」說著，大哭起來，站起來跑出餐廳。

宇智呆住了，在椅子上楞了半天，等他覺醒過來，幸娟已經不知去向了。

宇智到櫃臺付了帳，皺著眉回家。

顧媽媽正一個人在客廳看電視，宇智把剛才餐廳裡發生的事告訴媽媽。媽媽嘆氣說：「我知道你一直把幸娟當成妹妹，幸娟正值少女青春期，她墜入了夢想戀愛的網，你對她太好，她很自然地把你當成她的夢中情人，她一聽到你否認她是你的情人，當然受不了，沒關係，我明天來開導她。」

第二天上午，果然幸娟來找顧媽媽，幸娟哭著說：「哥欺負我，他說他愛我，他又說我不是他的情人。」

顧媽媽要幸娟坐下，對幸娟說：「昨天的事宇智已經對我講過了。幸娟呀，妳認識宇智的那年，妳幾歲啦？」

「五歲。」幸娟停住哭泣，好奇地望著媽媽。

「宇智叫妳什麼？」

「妹妹！」幸娟回答說。

「宇智在別人面前是不是說：『她是我妹妹。』？」

幸娟點點頭。

「好了，妳知道宇智從一開始就把妳當作他妹妹，不是情人。」

「可是，他又不是我的親哥哥，小說裡常有女主角叫男朋友為哥，男的也叫女朋友為妹。」

顧媽媽笑著說：「幸娟，妳今年十八歲，正是少女懷春期，夢想有一個甜蜜的戀愛故事，自己是小公主，有一個多情的白馬王子愛著妳，護著妳，也許是昨天那家西餐廳氣氛太好，妳和宇智像一對情侶坐在餐桌前，那浪漫的情調，讓妳把白馬王子的影子投射到宇智身上，認定宇智是妳的情人。其實，幸娟，妳知道一對情侶最後的結果是什麼嗎？」

幸娟想了想，回答：「走上紅毯，結婚呀！」

「不錯，是結婚。結婚是兩個人永遠生活在一起，這兩個人如果性格、興趣、生活態度都不一樣就會吵架，常常吵架自然感情就變壞了，結果呢？」

「當然是離婚囉。」幸娟說。

「好，現在來說妳的性格和興趣，妳活潑喜歡交朋友，愛音樂、愛電影、愛旅遊；宇智是個書呆子，他不善於交際應酬，只會讀書做研究，一天到晚都關在研究室裡，他不喜歡音樂，有一次我帶他去聽一個著名合唱團演出，中場休息的時候他說他不想聽了，要回家了。他也不喜歡旅遊，去年我們想帶他去歐洲旅遊，他竟然不去。幸娟，妳看他的性格和喜好是不是和妳相差太遠，如果妳們是情侶，將來結了婚，兩人生活在一起會快樂嗎？情侶結了婚，婚後發現不快樂而離婚的事多得很，妳要和宇智離婚嗎？」

幸娟用手掩住臉，不斷搖頭表示：「我沒想過這些。」

這時，宇智推門進來，坐在幸娟身旁，「妹，我愛妳，因為妳是我妹妹，妹，不要認為只有男女的愛情才是愛，父女、兄妹、同學、朋友之間都有愛，人世間充滿各式各樣的愛，這世界才溫暖，才豐富。」

我們都是一家人

沒有妳就沒有今天我們這個家，這個家不能缺了妳，我們都是一家人。

一九六二年四月，正是由春入夏的時節，天氣有些微微燥熱，在臺灣臺東縣山中，有一間孤零零的磚造瓦房，外表漆黑的平房裡住著母子二人：高媽媽和高青原。

這是個極為簡陋的家，主屋裡空間窄小，有一個客廳兼餐廳，兩間小臥房，屋旁另有一間黑暗的小屋，是高媽媽的丈夫在世時養豬用的豬舍，曾經養過三頭豬，但丈夫死後，高媽媽無力飼養，便把豬賣掉，豬舍就成為堆雜物的地方，加上沒有門，又十分雜亂，高媽媽也沒力氣去整理，所以看起來就像一個垃圾間。

高媽媽的丈夫十年前車禍去世了，帶著兒子住在這間丈夫留下的小屋中，以賣菜謀生，現在兒子青原高中畢業了，但是青原個性木訥，不喜歡和人交往，畢業一年了，沒想考大學，也沒有外出找工作，有人告訴高媽媽，青原是患了自閉症，叫高媽媽帶青原去看醫生，當時還沒有健康保險制度，臺東的醫院又少，看病是一件又貴又麻煩的事，何況青原堅決不肯去看醫生，他不認為自己有病，為何要看什麼醫生。於是，事情雖這樣拖著，母子二人卻也平平安安地生活。

平日吃完晚飯，母子二人會打開收音機，聽一個鐘頭廣播節目，接著不到九點便去睡覺。有天，晚上十點鐘左右，青原似乎聽到嬰兒的哭聲，仔細一聽，好像就來自豬舍，青原爬起身，開了門，確認嬰兒哭聲真的來自豬舍中，他找出手電筒過去看看究竟，發現在稻草堆上有一個用布包裹著的嬰兒，青原一個箭步向前，抱起了嬰兒，這時高媽媽也來了，拉著青原回房內，打開光線微弱的電燈。

「哇，這小傢伙好可愛啊！」青原不自覺拉高了聲音。

「這是棄嬰，他的媽媽好狠心啊！我去把剩飯煮爛，做成米湯餵他吃點，他一定是餓了才哭的。」

「媽，妳看，他不哭了，他聽得懂妳的話，妳看，妳看，他對我笑了。」

餵完一小碗米湯後，小嬰兒就睡著了，「媽，我想收養這娃娃。」青原說。

「什麼？你要養這娃娃？」媽媽叫起來，「你自己都養不活自己，你的生活那麼懶散，你能養活他？」

「媽，我好喜歡他，我想我能養活他，我會幫他餵奶、洗澡、換尿布，我想我要開始賺點錢給這小傢伙買點奶粉、衣服、玩具。」

高媽媽睜大眼睛好奇地看著青原，她從來沒聽青原說過如此積極想做事的話，從小到大，青原遇到事情總是懶洋洋地不理會，這是青原第一次表示他要做一件事。

「青原啊！帶孩子可不是好玩的事，你不能今天抱他，明天就把他丟了。」

「媽，不會的，」青原很堅定地說：「我知道孩子是人，不是玩具，我會負責養活他，讓他長大。」

「好，」高媽媽點點頭，「我同意你收養他，我也會幫你一點忙，不過我每天還是要到市場去賣菜，否則我們沒有收入。」

「媽，你放心。」青原把嬰兒放在自己床上，讓他和自己睡，「媽，我明天要到縣政府去給他報戶口，先給他取個名字吧。」

「好，」高媽媽想了一想說：「叫他高信富吧，我們家太窮了，希望他給我們帶來財富。青原呀，你平日不大跟人講話，辦戶口的事你會辦嗎？」

「媽，我十九歲啦，高中也畢業了，為了這小傢伙，我總得和人講話呀。」

第二天一早，高媽媽照例去市場賣菜，青原把小娃娃抱在懷裡去到縣政府戶政事務所，青原對事務所的辦事人員說：「昨天晚上我聽到屋外有嬰兒哭聲，發現有一個嬰兒用布包著，放在我家旁邊的空屋裡沒人管。」

「就是這棄嬰嗎？」戶政人員問青原，青原點點頭。戶政人員說：「最近有好幾個棄嬰送來，都沒辦法處理，真傷腦筋。」

「不，這嬰兒不給你們，我來收養。」青原說。

戶政人員有點懷疑，「給我看你的身分證。」

青原拿出身分證，戶政人員一看就說：「你才十九歲，又沒結婚，怎麼養活嬰兒！」

「可以的，」青原很堅定地說：「我媽媽也會幫忙。」

有幾個戶政人員好奇地圍過來，議論紛紛，有人給青原幾份文件，要青原填了各項資料，蓋了印章，最後戶政人員才讓青原把嬰兒抱回去。

走出戶政事務所，青原心中有一種從未有過的快樂，他抱著嬰兒去買了一罐嬰兒奶粉、奶瓶、一套衣服和幾樣玩具。回到家，青原感覺到家裡有了生氣，不再只是一間陰沉沉的房子。

臺東一個傳統菜市場中，早晨八時就開始有顧客進來。高媽媽在市場裡擺了個攤位賣菜，她去果菜市場批發，再零售給顧客，利潤十分微薄。

高媽媽正低頭整理批來的蔬菜，聽到一個聲音在叫她：「高媽媽！」她抬頭一看，一個二十歲左右的女孩站在菜攤前，穿著小花布衣褲，像個鄉下姑娘，高媽媽覺得從來沒見過她，問道：「妳要買什麼菜？」

女孩搖頭說：「高媽媽，我不買菜，」說著走近高媽媽，壓低了嗓子說：「我是從卑南村來的，單身一個人，高媽媽，妳能不能做個好事收留我，我會幫妳賣菜、做家事，我不要工錢，只求妳給我一口飯和一個可以睡覺的地方。」

高媽媽看著眼前的女孩，懷疑地問道：「妳為什麼要一個人離家到縣城來？」

女孩眼裡含著眼淚說：「我叫玉琳，我媽逼我嫁人，我不肯，我媽就把我趕出來了。」

高媽媽仔細看著玉琳，是一個鄉下女孩的樣子，老實又有點倔強，一副可憐兮兮的模樣，高媽媽打心底喜歡這個女孩，高媽媽只有一個兒子，卻是孤僻、不理人、又不想做事的大男孩，自己覺得好苦命，如果玉琳是她的女兒，那該有多好啊！高媽媽握住玉琳的手說：「玉琳，我家很窮，有一個兒子，去年高中畢業，卻不肯出去工作，整天悶在家裡。我家只有兩個房間，妳來恐怕沒有住的地方。」

「高媽媽，我睡在妳床邊的地上就行了。」

「我睡的是雙人床，我的老伴死了，妳可以和我睡一張床，只是我家太窮，妳吃得了苦嗎？」

玉琳抱著高媽媽，「我能，我能吃苦，我會幫忙高媽媽做好家務，也會幫忙賣菜，高媽媽，謝謝妳！」

下午四點，高媽媽收拾了菜攤，玉琳提了一大包菜，高媽媽帶玉琳回家。

才踏入家門，嬰兒嘹亮的哭聲就從房裡傳了出來，高媽媽大叫著：「青原呀，阿富為什麼大哭？」

高媽媽和玉琳衝進了青原的房間，看見青原正在為信富換尿布，手忙腳亂著，玉琳進門後直接床前接手，熟練地換好尿布，信富也停了哭聲。

「青原，」高媽媽這才有機會介紹，「這是玉琳，從今天起，玉琳住到我們家，幫我賣菜和做家事。」

青原望望玉琳，點點頭，沒說話，抱起信富就出了房間，高媽媽對玉琳說：「青原不愛說話，對人都是一副冷冷的樣子。」

「沒關係，我來把尿布洗了。」玉琳看了一下這屋子的環境，就捧著幾片尿布到水槽去洗，洗好後把尿布曬到屋後的曬衣架上，接著到廚房裡洗菜、洗米。

高媽媽在一旁看看，笑道：「玉琳，妳怎麼會做家事？」

「我家也很窮，要照顧一個小我六歲的妹妹，我小學畢業後就在家裡幫忙做家事，大大小小的事我都做。」玉琳說。

「我看妳家事做得很俐落，就不要跟我上市場去賣菜了，留在家裡照顧阿富和做家事，好嗎？我看青原是不行的。」

「當然可以，高媽媽，妳安心去賣菜，這個家就留給我來照顧。」

第二天上午，玉琳用塊布把信富包住掛在自己胸前，上街去了，快中午時，玉琳推著一個籐製的娃娃床和兩條棉被、幾件嬰兒衣服和一堆嬰兒食品回來，青原看了大為驚奇，問道：「妳怎麼買這麼多東西，妳怎麼會有這麼多錢？」

玉琳笑笑說：「我離家的時候，我媽塞了一些錢給我，現在正好拿來用。」

「玉琳，」青原走到玉琳面前，低下頭說：「我家很窮，我不該收養阿富的。」

「青原，」玉琳第一次握了青原的手，「不要這樣說，你有能力養活阿富的。其實，我們都還年輕，一定能改善我們的生活，只要我們肯努力。」

「但我不知道怎麼努力。」青原對自己很了解。

玉琳拉著青原到屋子後面，指著一大片草地，「你看，這一大片地，雜草叢生，如果我們把雜草除掉，種些蔬菜水果，可以自己吃，還可以拿去賣錢呀！我看到前面有一家就是這樣呀！」

「玉琳，」青原高興地拍起手來，「妳真聰明，等媽媽回來，我們問問媽媽的意見。」

吃晚飯的時候，高媽媽一直在誇獎玉琳說：「玉琳啊，妳來了我就享福了，我賣完菜回家就有飯吃，不要忙著做飯，妳做的菜也比我做的好吃，家裡乾乾淨淨的，看起來舒服多了，妳真是個賢慧的孩子。」

「媽，」青原停下筷子，「玉琳今天買了阿富睡的小床、棉被，還有衣服，她用她自己的錢去買的。」

「玉琳，妳怎麼有錢？」高媽媽好奇地問。

「我離家時，媽媽塞給我一包錢。」

「媽，」青原嘴裡的菜還沒吞下去，急著說：「玉琳提了一個主意，要把我們家後面的那片草地開發起來種菜或水果，可以賺點錢。」

高媽媽一拍手，「玉琳真是有眼光，我們家前面的胡伯伯不就是把他們家後面的空地種了蔬菜水果嗎？胡伯伯是你爸爸的好朋友，吃完飯我們去找胡伯伯談談。」

飯後，高媽媽帶青原去找胡伯伯，玉琳則留在家照顧信富。

胡伯伯和高媽媽是幾十年的老鄰居，聽高媽媽說要把屋後的空地開發起來，十分高興，「好，好，這是好事，青原呀，你高中畢業一年多了，窩在家裡不出去做事，我都有點生氣，現在你肯振作起來，你老爸地下有知都會笑啊！你看我家後面原來和你們家一樣都是一片雜草，七、八年前我開始整理，現在種出來的蔬菜水果，每天都拿到市場去賣，一家人的生活比從前過得好多了。」

「那片土地的地主是誰呢？」高媽媽問。

「那是公地，政府也沒管，我明天帶青原去地政局辦一個租借公地的手續，我記得不要繳錢。」

胡伯伯帶著青原只花了半天就辦好公地租借手續，接著又去農會挑選想種的蔬菜水果的種子，回到胡伯伯的家，胡伯伯說：「青原，那些野草用人工拔太辛苦了，我有一輛挖土機，可以挖鬆泥土，泥土翻過來，野草就容易拔掉了，你把野草堆在一起燒掉，那些灰還可以當肥料用，至於蔬菜水果要怎麼種，到時候我再來教你。」

在胡伯伯指導下，青原每天在屋後的空地工作，無論日曬雨淋都不見他停歇，幸好信富有玉琳帶，家事也是玉琳一手包辦，使青原沒有後顧之憂，每天下午五點鐘左右青原收了工，洗好澡，就會抱抱信富，這是青原感到最快樂的時間。這時的青原和去年的青原簡直判若兩人，由懶惰、冷漠、孤僻變成勤勞、熱情、和善，高媽媽看在眼裡，樂在心裡，她知道使青原改變的關鍵是信富和玉琳來到這家裡。

三個月後，屋後的一大片空地種滿了蔬菜和幾十棵柑橘樹，高媽媽每天推著車運自己家種的蔬菜去市場，不必再到批發市場去批蔬菜來轉賣，利潤也多了許多。

兩年後，一個秋天夜晚，高媽媽抱著信富和青原、玉琳坐在門口乘涼，高媽媽喝了一口茶，帶著幾分感傷的情緒說：「青原呀，這兩年我們家經濟大大改善，今年還加蓋了一間房，如果你爸爸地下有知，應該會高興的大笑。」

「媽，我不會講話，也不會講甜言蜜語，但我要講我們家能有今天全靠玉琳，玉琳為了這個家，不但從早忙到晚，而且玉琳有頭腦，她想出許多辦法讓我們家變漂亮了，也買得起新東西。」

高媽媽說：「昨天胡伯伯來我們家，看了我們新蓋的房子，又看了我們全幢房屋重新粉刷油漆，他說：『你們的房子變得光彩亮麗，是不是要辦喜事了？』胡伯伯的話觸動了我的心事，青原呀，你和玉琳相處三年了，你覺得玉琳好不好呀？」

青原低著頭說：「玉琳好得不得了，我常想跪下來謝謝她，她改變了我的人生，我原本是一個懦弱膽小，沒有熱情的人，高中畢業後我不想出去做事，因為我怕應付不了外面的世界，我覺得躲在小屋裡最安全，想一輩子最好都在這個只有我一個人的小天地裡。」

而青原認為信富的出現是自己改變的契機，他回憶起當初的情景。

一開始我把阿富當成我的玩偶，情不自禁想收養他，其實，我是沒有能力養活阿富的，我連自己的生活都管不好，第一天就手忙腳亂，弄得亂七八糟，阿富哭了一天，幸好玉琳第二天就來了，解決了我的困難，我很自然地聽玉琳的話去做事，不自覺地改掉了我懦弱膽怯、懶惰退縮的習慣。

有一天半夜醒來，回想發生的事情，不自覺地吃了一驚，現在的我和三年前的我不一樣了，我變了，我為什麼變了？我受了刺激嗎？我受了打擊嗎？都沒有，那我為什麼會變了？

忽然，我想到我高中的英文老師——彭老師，彭老師是基督徒，他為我們講過耶穌的故事，耶穌是神，兩千年前降世為人，被猶太人釘死在十字架上，三天後復活，回到天上。耶穌在升天前說會派保惠師來人間，拯救人間的苦難，也會派天使來幫忙人們。

我領悟到原本窮困的生活會變得幸福的原因，而原本軟弱無力的我，為何現在整天種菜、種水果都不覺得勞累？我想是受到玉琳的鼓勵和幫助，哦！莫非玉琳就是保惠師？就是天使？想到耶穌派天使化身為玉琳來幫助我！我的眼淚就不自覺地流了滿臉，我跪在床上磕頭，謝謝耶穌，謝謝天使，也謝謝玉琳。

高媽媽眼眶裡滿是淚水，說：「青原呀！那你還不趕快向玉琳求婚嗎？」

「我……我配不上玉琳。」青原結結巴巴地說。

高媽媽心急地轉向玉琳，「玉琳，青原還是改不了膽小的毛病，我這做媽的代表青原向妳求婚，希望妳能答應。」

玉琳拿起手帕擦拭著眼淚，低著頭，輕聲說：「我答應。」

就這樣青原和玉琳結了婚，過了一年後，玉琳生下一個男孩，取名信安，一家人生活和睦幸福。

信富和信安漸漸長大，信富高中二年級時，信安上初中一年級，信富和信安性情完全不同，信富脾氣暴躁，常常動手打人，叛逆性很強，在學校裡常和同學吵嘴打架，老師常向玉琳說信富在學校犯規的事，每次犯規回家，晚上玉琳總會用竹片打信富，並嚴厲地責罵，每次都是高媽媽和青原出來勸阻才停止。信安則性格溫和，對人友善，在同學間人緣很好，因此極少被玉琳責備。

作為哥哥的信富認為媽媽總責打自己，卻從不責打弟弟，而感到母親偏心，只寵愛弟弟，漸漸地引起兄弟之間的摩擦，信富常找信安的麻煩，有時會故意向信安挑釁，信安有時也會回嘴反駁，但當信富瞪大眼睛，手握拳頭時，信安就會閉上嘴，轉身離開，讓信富一個人在原地跳腳吼叫。

暑假時天氣炎熱，有一天，吃完午飯，青原問信富和信安：「你們想不想釣魚？」

信安說：「我沒釣過魚，看別人拿著釣竿坐在岸邊釣魚，我好羨慕啊！」

信富說：「我的體育老師教過我們釣魚，有一次體育課還帶我們去河邊，可惜只有三根釣竿，大家輪流來釣，很不過癮，不過我學會了怎麼釣魚的方法。」

「好極了，我今天上午去買了兩支釣竿，我帶你們去附近小河釣魚。」

「哇，好耶！」兩個孩子同聲歡呼起來。

於是，父子三人各騎一部腳踏車，帶著兩套釣具出發了。

小河離家不遠，騎車不用十分鐘就到了。

青原把兩副釣具整理好，對兩個孩子說：「你們在河邊找塊石頭坐下，釣魚要有耐性，等魚上了勾，再把釣竿拉高，取下魚放進簍子裡。阿富你釣過魚，你就教阿安吧！」

青原說完就獨自走到一棵大樹下坐下來，背靠著大樹，閉目休息去了。

信富教信安把釣具都安置好，開始教下釣魚線，然後自己坐在信安旁邊也開始垂釣。

不久，信富發現魚線在動，好像有魚上鉤，這時，信安也覺得他的釣竿在動，信安想拉起釣竿，由於沒有經驗，雙手不但沒把釣竿拉起，「啪！」的一聲，整個竿子掉落到水面，河中的魚嚇得亂闖，信富生氣地大叫：「我正要釣到一條大魚，被你嚇跑了，你混帳。」信富揮起右拳對著信安左肩打去，信安被哥哥重重打了一拳，整個人掉進河裡，信安不會游泳，大叫「救命」。

正在打瞌睡的青原被驚醒趕快跑到岸邊，來不及脫衣服就跳下河去，幸好水流不急，青原終於把信安救上了岸，這時信安已經喝了不少水，青原把信安伏臥在草地上，壓他的背，讓信安吐了許多水，漸漸恢復了知覺。

父子三人騎車回家，青原和信安一身濕透，表情慌張，玉琳趕緊給青原和信安換了衣服，問是什麼回事，高媽媽也出來，抱住驚魂未定的信安。

青原知道瞞不住，就把經過說了一遍，玉琳一聽怒氣大發，拿起竹片對著信富一邊打，一邊叫著：「阿富，你要害死你弟弟呀！你還有良心嗎？」信富一邊閃躲竹片，一邊喊著：「我不是妳親生的，妳就老是打我，要把我打死妳才滿意嗎？」

玉琳聽到信富的話，臉色大變，突然丟掉手上舉起的竹片，淚水像泉水一樣湧出，她轉過身來，走到高媽媽面前，突然雙膝跪下，不斷磕頭。

玉琳的動作讓所有的人都呆住了，高媽媽迅速扶起玉琳，讓玉琳坐下來。高媽媽說：「玉琳，妳這是什麼意思？慢慢說，不要哭。」

過了很久，玉琳終於止住了哭，激動地說：「媽、青原，你們說，阿富是怎麼來的？」青原說：「阿富是棄嬰，我在堆雜物的屋子裡撿到的，我當時一看見他就十分喜歡他，便要求媽把嬰兒收養下來，這事他自己也知道。」

高媽媽接著說：「但是我們從沒有虧待阿富，玉琳，妳雖不是阿富的親生母親，但阿富是妳一口一口餵奶餵飯長大，對阿富的照顧一點不比阿安少，阿富講的話真的傷妳的心呀。」

玉琳深呼吸後，下了一個決定，「我要告訴大家一個祕密，其實阿富是我親生的兒子。」她停頓了下，轉向對著青原說：「請原諒我一直瞞著你，沒有告訴你真相。」現在玉琳覺得必須說出來了。

我是卑南村人，在卑南村我有一個叫阿旺的男朋友，我和阿旺是鄰居，可說是青梅竹馬的朋友，只是阿旺性格剛烈，喜歡和人打架，是村子裡人人都覺得頭痛的人，那一年，阿旺和人打架，雙方都用刀子刺向對方，結果兩個人都當場死亡。

那時我已經懷了阿旺的孩子，而且已經八個月，我的爸爸媽媽都反對我嫁給阿旺，阿旺死後不久我就生下一個男孩，那就是阿富，我爸媽認為我沒結婚就生孩子，有辱家門，不准我在家養孩子，逼我離家，我只好一個人單身到縣裡來，我在縣城裡沒有朋友，在市場裡我聽到很多人都在誇獎高媽媽是個好人，我悄悄地跟蹤高媽媽回家，知道她住的地方，到了晚上，我把阿富抱去，放在旁邊堆雜物的屋子裡，這時阿富哭了，我躲在黑暗裡，看到青原和高媽媽把阿富抱進屋去，我才放心離開，但是我實在捨不得阿富，不放心阿富。

第二天，我偷偷跟著青原到戶政事務所，知道青原辦了認養阿富的手續，我心想如果能混到高媽媽家中，就可以照顧阿富了，於是我請求高媽媽收留我，仁慈的高媽媽竟然答應了，我就這樣一直在阿富身邊照顧他。至於後來和青原結婚，又生下信安，這就不是我所料到的了。

這時，信富大哭著到玉琳身邊跪下大叫：「媽！」

玉琳摸著信富的頭，「阿富，我對你特別嚴厲是因為我怕你帶著你生父的血統遺傳，和你生父一樣做出不該做的事來，你不知道我每次打你，我的心好苦呀！」

玉琳說完站了起來對高媽媽說：「媽，我知道我和青原結婚之前做了錯事，請妳原諒我，如果妳和青原不能原諒我在婚前的錯誤，我願意離開這個家，不會讓你們覺得羞辱。」

高媽媽上前握著玉琳的手，「玉琳，妳不能走，這裡是妳的家，永遠是妳的家。」

青原也上前抱住玉琳，「玉琳，我不會覺得妳的作為是羞恥，我覺得妳的愛是偉大的，我們永遠不會分開，我們大家都不會讓妳走的。」

「玉琳呀，沒有妳就沒有今天我們這個家，這個家不能缺了妳，我們都是一家人。」高媽媽說。

希望，是活下去的支柱

人要活下去不是單單依靠食物，還要依靠希望，希望才是心靈的活水。

在一間高中教室裡，老師和學生正談論著班上一個叫維民的同學，老師問說：「維民已經三天沒來學校了，不知道出了什麼事，昨天我請仲良去他家看看，現在，仲良你報告一下維民的情形。」

仲良站了起來，臉上露出擔憂的表情說：「我昨天晚上去看維民，發現維民一個人在家，軟弱無力，走路會搖晃，坐在沙發椅上都直不起身來，幾乎是躺臥著。說話有氣無力，聲音好小。他說，三天前他媽媽被一輛大卡車撞死了，現在他孤苦零零一個人守在家裡，好孤單，好想媽媽，維民看看掛在牆上媽媽的照片，不斷流眼淚，口裡喃喃自語說『媽媽，不要丟下我。我跟妳走，』我在旁邊，也陪他一起哭。老師，我們要幫幫維民，他不想活了，各位同學，我們要幫維民啊！」

有位同學站起來說：「我知道維民的家境不好，我們發動全校募款來幫助維民。」

老師站在講臺上，用沉重的語氣說：「維民三歲的時候，父母就離婚了，維民由母親撫養長大，母子感情極好，真是相依為命，母親外出做清潔工，每天幫人家做打掃清理的工作，賺錢養家。母親突然車禍死亡，對維民來說，這是個天大的打擊，維民受不了，現在最重要的不是金錢的救濟，而是讓維民不要被這個打擊打倒，讓他再站起來，好好地活下去。」

同學們都點頭，有人問道：「若要維民活下去，老師，我們該做什麼來幫助他呢？」

老師說：「一個人活著不是只靠食物，更重要的是希望，我們要讓維民有活下去的希望。我們可以每個人寫一張卡片，鼓勵維民，今天放學以後我會去看維民，你們如果願意就帶著寫好的卡片跟我一起去，記住，我們要帶給維民的是希望。」

的確，人要活下去不是單單依靠食物，還要依靠希望，食物是供給肉體的動能，希望則是心靈的活水。

來看看哲愷的故事，他是一個後天失明的盲人，出生在一個貧窮的家庭，父親在村子裡打零工，母親到田裡種菜，一家人住在一間破舊的小木屋裡。哲愷十歲那年，家裡半夜發生大火，父母雙雙喪生火窟，哲愷也被燒傷，幸好保住了命，但眼睛卻因火傷而失明了。成了孤兒的哲愷被一個好心的老瞎子收養，老瞎子的日子很苦，以彈琴賣藝維生，老瞎子教哲愷彈琴，那是一種平絃琴，琴上只有一根絃，很容易彈，琴音很單調，老瞎子邊彈邊唱邊說，唱的是老瞎子自編的小曲，說的是一些戲曲或章回小說裡的故事。老瞎子每天帶哲愷到鎮上的鬧區去賣唱，他們腳前地上放了一個小銅罐，來往的路人會在銅罐裡放些零錢，但總歸是少數，所以他們一天下來收入不多。

最初，哲愷不歡喜這種生活，他常常問老瞎子：「師父，我什麼時候能重見光明？」但是老瞎子都沒回答。

時間很快就過了十年，老瞎子生了重病，躺在床上全身癱瘓無力，他把哲愷叫到床邊，握著哲愷的手說：「哲愷，我得到了重見光明的祕方，放在琴盒子裡的一個小匣子裡，但你要彈斷一千根絃後才能打開小匣子，如果你早打開就不靈了。孩子，我要走了，我要離開這個世界了，以後你一個人活著，要堅強，要忍耐，你會遇到許多困難和痛苦，千萬要忍耐。記住，當你彈斷了一千根絃就可以打開小匣子。」

不久，老瞎子死了，留下哲愷一個人，他仍每天出門賣唱，只是哲愷腦海裡無時無刻不浮現出老瞎子臨終的交待：「要堅強，你會遇到許多困難和痛苦，千萬要忍耐。記住，當你彈斷了一千根絃後就可以打開小匣子。」

哲愷把自己關在房內，天天練琴、練唱，還要練習說一段段的故事，他把老瞎子講給他聽的故事在腦海裡重新溫習一遍，自己覺得還可加上一些情節，讓故事更為生動，漸漸地，哲愷的表演有點像說唱加彈詞的味道。

失去師父的帶領，哲愷獨自一人背著琴盒，手持白色手杖走上街頭，來到老瞎子常帶他來賣唱的鬧區角落，他拿出琴來，試彈了兩下，他感覺到琴聲竟是如此淒厲，他感覺到身邊人來人往，感覺到自己像是沉在深海裡的一條小魚，徬徨、無助，游來游去卻不知道目標所在。

他搖搖頭，讓自己清醒一下，他要面對的是現實世界，他今天來這裡是想賺點錢買食物充飢，於是，他清清喉嚨，開始邊彈邊唱。

他唱了好幾段，忽然覺得有人在動他腳前面的小銅罐，他以為是有人在投錢，便連聲說：「謝謝！」不料一個粗暴的聲音對他說：「瞎子，這是我的地盤，你在這兒賣唱，我要收保護費。」

哲愷一聽知道是個流氓，師父也曾遇到過一次，師父拿起枴杖去打那個流氓，師父人高馬大，孔武有力，又善於聽聲音辨方向，所以那一拐杖打中了小流氓，那流氓嚇跑了，從此沒有人再來恐嚇師父。現在師父不在了，哲愷知道自己個子矮小，又瘦弱無力，他不敢像師父一樣拿拐杖去打流氓，他想到師父的訓示：「你會遇到許多困難和痛苦，千萬要忍耐。」於是哲愷說：「你看罐子裡有多少錢，只要給我留下買一個饅頭的錢，其他的你拿去吧！」

這時，哲愷的身後傳出一聲大吼：「你住手，把鐵罐子放下，不許拿罐子裡的錢。」

「你是誰？你管得著嗎？」流氓也大聲叫著。

「光天化日之下，你竟敢欺侮一個瞎子，你還算人嗎？」背後的聲音叫得更大，哲愷聽出來那是他身後一家小吃店的老闆，師父曾帶他到店裡吃過麵，老闆是仗義執言，想要幫哲愷。

這時路人也停下腳步，紛紛議論，有人說：「欺負瞎子，真是沒天良。」有人說：「這是個小流氓，才會做這種不要臉的事。」那流氓一看情勢不妙，便放下罐子，一溜煙跑了。

從此以後，哲愷天天背著琴，到街上去賣藝。

時間一天一天過去，絃也一根一根被彈斷，哲愷小心翼翼地把斷的絃保留起來，他計算著斷絃的數目，終於有一天，他彈斷了第一千根絃。這時，哲愷已經白髮蒼蒼，幾十年間，他飽經滄桑，體會人情冷暖，嘗過人世間的酸甜苦辣，他沒有倒下去，堅持活下去，再苦，也咬著牙根忍耐。

哲愷拿出琴盒裡的小匣子，打開後取出裡面的一張紙，他請了鄰居幫他看看紙上寫了什麼，鄰居把紙攤開，翻來覆去看了半天，對哲愷說：「這只是一張白紙，什麼字都沒有。」

哲愷雙手握著那張白紙，激動地不斷顫抖，兩眼的淚水像潰了堤的江河，哭著哭著，也不知道過了多久，哲愷停住了哭泣，臉上浮出了笑容，他仰起臉看天，眼前還是一片漆黑，在黑暗中，他似乎看到老瞎子向他微笑，他伸開雙手想抱老瞎子，老瞎子卻向他揮揮手，朦朧的身影向天上飛去，越飛越遠。哲愷俯伏在地上，喃喃自語說：「師父，我知道你的祕方了，你的祕方就是希望，靠著追尋這希望，我走了幾十年人生的歲月，我吃盡千辛萬苦，嘗遍辛酸，就靠著這希望活下來，師父，是你給我這人間的希望。」

哲愷的故事顯示人要能活下去不只是單靠食物即可，更重要的支柱是希望。

下面再講一個關於希望的故事。

一九六〇年，在中國貴州偏僻山區裡，有個叫做頂竹村的小村落，村中人口只有幾百人，靠種蔬果和養雞為生，相當窮苦。中成和永吉都出生於頂竹村，不但是鄰居，年齡也一樣，從小一起長大的兩人感情很好。永吉四、五歲的時候父母就相繼去世，他是靠瞎眼的祖母養大的，家裡雖窮，祖孫二人相依為命，生活和樂，在永吉二十歲那年，他和中成一起到縣城去找工作，永吉做水泥工，中成則在郵局裡當郵差。

從縣城到頂竹村相距約六、七十公里，沒有公路，只靠一條山間小路，汽車進不去，只能步行或騎腳踏車進出。當時郵局安排每個月派郵差去頂竹村送一次信，中成到郵局工作後，主管知道中成是頂竹村人，就要中成負責到頂竹村送信的任務，中成欣然答應，因為他每個月可以回家和家人、朋友見面，這真是公私兩利。

時間過了三年，有一天，永吉出了車禍，被一輛大貨車當場撞死，大貨車闖禍後跑了，也找不到肇事的兇手。為永吉辦完喪事後的中成，馬上面臨一個問題，「要不要告訴永吉的祖母？」永吉的祖母身體虛弱，年紀又大了，可能承受不起這個打擊……中成想了很久，決定隱瞞永吉的死訊。

不久後又到了月底，中成照例騎著腳踏車，載著信件和一些託買的雜物直奔頂竹村。進了村子，第一家就是永吉家，看到永吉的祖母坐在門口，中成下了車，手裡拿了一個信封，對永吉的祖母說：「阿婆，我是阿成。」

阿婆聽到聲音，笑著說：「阿成，我聽出來是你，你又來送信啦，阿吉有兩三個月沒回家了，你在縣城裡見過他嗎？」

中成把信交在阿婆手裡，「這是阿吉給您的信。」

「我又看不見，幹什麼給我寫信，阿成，你念給我聽吧！」

中成打開信件，說：「阿吉信裡說他的工作很忙，沒辦法回家看望阿婆，他以後每個月會寄二十塊錢給阿婆，請阿婆要好好照顧自己。」

說完就把信和二十元鈔票交在阿婆手裡，阿婆露出喜悅的笑容，「阿成這孩子真懂事，其實錢不用給我，他自己留著，趕快找個對象結婚，我想抱個小曾孫。」中成聽了阿婆的話和她快樂的表情，心中一陣酸痛，淚水忍不住奪眶而出，幸好阿婆看不見。

此後，中成每個月都會拿一個信封袋裝了二十塊錢交給阿婆。一轉眼，兩年過去了，有一天，有警察來郵局找中成，那警察說：「我姓高，我剛調來本縣，頂竹村是我的轄區，我還沒去過，聽說你每個月要去頂竹村送信，我可不可以和你一起去？」

中成點點頭說：「當然可以。」

過了三天，中成和高警員各騎一輛腳踏車往頂竹村去了。大約下午三點，他們到達頂竹村，中成按照習慣的路線，第一站就到永吉的家。兩人把腳踏車停好，中成對高警員說：「裡面只有阿婆一個人，你先進去，我的車有點小問題，我來處理一下。」

高警員踏進屋門，看見阿婆坐在小板凳上，就說：「阿婆，我是高警員，我來核對一下戶口，你一個人住嗎？」

「不，還有我的孫子阿吉。」

高警員看看資料說：「阿吉不是兩年前去世了嗎？」

阿婆大叫道：「什麼，阿吉死了？」

中成聽到阿婆的聲音，趕快跑進屋內，見阿婆全身發抖，就上前扶住阿婆，「阿婆，妳怎麼了？」

阿婆說：「阿成，告訴我，阿吉死了嗎？」

中成輕聲說：「兩年前車禍死的。」

「那每個月給我的二十塊錢呢？」

「是我怕阿婆傷心就假借阿吉的名義送給妳的。」

阿婆聲淚俱下，「阿吉啊！你在哪裡？」突然阿婆的身體向後倒下，再也沒站起來了。

阿婆活下去的支柱是希望，希望孫子阿吉成家立業，孫子死了，希望破了，阿婆的支柱也倒了。

《聖經》說：「人活著不是單靠食物，乃是靠神口裡所出的一切活。」什麼是「神口裡所出的一切活」，那便是「希望」。朋友，如果你失去了生命的支柱，趕快跪進耶穌信仰的大門，神會讓你找到支柱——也就是希望。

焦仲卿和劉蘭芝

仲卿和蘭芝合葬之地，出現兩株相依的松樹，有一對鴛鴦飛來枝頭，雙宿雙棲。

東漢獻帝建安年間，安徽廬江郡有一位名為焦仲卿的書生，他在郡衙門擔任一名小吏，掌管文書抄寫工作，家境還算富裕，父親已經亡故，家中還有母親和妹妹婉如，娶妻劉蘭芝，也是同鄉之人。

焦仲卿和劉蘭芝夫妻感情十分融洽，劉蘭芝是有才華的女子，讀過詩書、能繪畫，擅長刺繡和縫紉；而且性情溫順、品貌端莊，得到鄉里鄰居們一致的好評。

焦仲卿在郡衙門工作，按規定要住在郡衙門裡，每十天到半個月休假一次，才能回家和家人團聚。焦仲卿結婚三年，但和妻子劉蘭芝聚少離多，讓劉蘭芝感到寂寞，焦仲卿也會時常想念妻子。

四月的一天，天氣晴和，春暖花開，焦仲卿休假在家，忽然動了遊興，問劉蘭芝願不願意去一日春遊，這個提議讓蘭芝喜出望外，立刻表示同意。早餐後，兩人悄悄出門，騎著馬到附近山野閒逛。午後，他們來到湖邊，湖中魚兒活潑悠游，湖岸垂柳輕飄，兩人下了馬，在湖畔的大石頭上坐下。

「蘭芝，」仲卿拿手帕為蘭芝擦了臉上的汗珠，「累不累？」

蘭芝微笑著，「不累，這是我有生以來最快樂的一天，這些湖光山色以前只在圖畫中看過，今天竟然能身歷其境，真是美妙啊！最讓我興奮的是我們共騎一馬，你保護著我，呵護著我，我感覺到我們活在仙境之中。」

仲卿拍著手，「不錯，今日之遊真是快活似神仙，蘭芝，我能娶到妳真是前世修來的，妳貌美又賢慧，多才又有德，我衙門裡的同事都很羨慕我，常常說我有福氣。」

「郎君，那是朋友說的客氣話。」蘭芝害羞了起來。

「蘭芝，不要叫我郎君，我也沒叫妳夫人，我們不要受世俗的約束，都叫名字吧！我覺得比較親切。」

「好吧，仲卿，謝謝你對我那麼好。」

「蘭芝，我們相愛的程度不是外人所能瞭解的，我覺得妳已經成為我生命的一部分，自從我們成婚以後，我才覺得生命有活力、有盼望。」

「我也有同樣的感覺，成婚前我對未來是一片茫然，會嫁給誰，我自己不能作主，仲卿，嫁給你以後，你對我的溫柔體貼讓我產生了安全感和幸福感，我覺得自己是一個幸福的女人，我要緊緊抓住這份幸福，永遠不放手。」

仲卿握住蘭芝的手，激動地說：「蘭芝，我好愛妳，雖然我們不是同日生，但願同日死。」

蘭芝用手撫住仲卿的口，「別說死，我們活得好好的。」

「對對，我們好好活著，但我要許個願，我要和妳生生世世為夫妻，永遠不分離。」

聽聞此言，蘭芝淚眼汪汪，「願我和仲卿生生世世都結為夫妻，並由大湖作為盟證。」仲卿為蘭芝擦去眼角淚水，兩人一同望著大湖。

仲卿忽然發現什麼，轉頭對蘭芝說：「妳看，湖那邊不正是妳家嗎？」

蘭芝向前仔細一望，驚奇道：「真的，你說得沒錯，那邊就是我家的房子，我從小都住在那裡，卻不知道附近有這麼美的湖。」

「可惜我們現在不能回妳家，探望妳娘。」

蘭芝點點頭，「雖然我很想回去看看娘，但我知道不能去。」

「依照禮俗，出嫁的女兒如果沒有公婆允許是不可以回娘家的，如果單獨一個人回娘家就表示被丈夫休了。」仲卿說。

「我懂這規矩。」蘭芝也知道。

這時，太陽已西斜，仲卿說：「我們走吧！天黑以前我們要回到家，否則我怕母親會叨念。」

仲卿站起身來，忽然跑到湖邊，撿起一塊黑色石頭，拿給蘭芝看，「妳看，這塊石頭像硯石般黑得發亮，拿回去做紀念品吧！」

蘭芝接過仔細一看，「好漂亮的一塊黑石，而且十分堅硬，仲卿，但願我們的愛情像這黑石一樣堅固。」

「願我們的愛情像這黑石一樣堅固。」仲卿回，並催促著：「走吧，恐怕回家太晚了。」

「慢點，」蘭芝看著湖，「你看湖裡有一對水鳥，牠們好親熱呀！」

仲卿點頭說：「那是一對鴛鴦，是情侶鳥，牠們雙雙對對，相倚相伴，總不分開。」

「真好，仲卿，我們做鴛鴦吧！」

「好，」仲卿點點頭，「我們來生變成一對鴛鴦！」

仲卿和蘭芝回到家，天已經黑了，一進門，就看到焦老夫人坐在客廳，臉色鐵青。

「你們到那裡去了？」焦老夫人吼著。

仲卿有點害怕，輕聲說：「娘，我和蘭芝去郊外踏青。」

焦老夫人一拍桌子，指著仲卿罵道：「你休假回來也不在家陪我，真是不孝，你只顧老婆不要娘，還是人嗎？蘭芝，妳是日子過得太悠閒了，從明天開始，每天織一匹布。」

「遵命！」蘭芝順服地說。

回到房間，仲卿對蘭芝說：「我們出去玩了一天，娘在吃妳的醋，要妳織布，我們家又不賣布，織布幹嘛？」

「仲卿，別生氣，我會小心應付，別頂撞婆婆。對啦，剛才撿到的黑石放在梳妝臺上，我去做一個錦墊，放在黑石下面，這樣我每天可以看到。」

第二天，客廳裡放了一架織布機，蘭芝坐下就開始織起布來。

這件事引起仲卿的妹妹婉如的興趣，她問蘭芝：「嫂嫂，妳怎麼會織布呀！」

蘭芝笑笑說：「小時候學過，織布很容易，只是太枯燥了，不如刺繡好玩。」

婉如說：「嫂嫂，我看過妳繡的枕頭、圍巾，好漂亮啊！我都不會。」

蘭芝說：「妹妹，妳想學嗎？織完布我來教妳。」

「太好了。」婉如拍著手，「謝謝嫂嫂！」

從此婉如便學起刺繡來，每天在蘭芝的房間裡，跟蘭芝學繪畫、刺繡和縫紉，姑嫂二人感情越來越好。

這事讓焦老夫人大為不悅，有一天，對婉如說：「妳別一天到晚鑽在蘭芝的房裡，妳們姑嫂也要避點嫌。」

「娘，有什麼嫌好避？」婉如不服地說：「嫂嫂教我繪畫、刺繡、做衣服，有什麼不好？」

焦老夫人又說：「蘭芝是有心機的人，妳當心被她帶壞。」

婉如不以為然，「才不會呢，嫂嫂是好人。」

有一天，仲卿回家，問了蘭芝家裡的情形，蘭芝說：「婆婆對我很有成見，不斷加重我的工作，現在我每天要做三餐、打掃屋子，還要織五匹布，從雞鳴起床，一直做到深夜，每天都腰痠背痛，快受不了。」

「我來跟娘說說。」仲卿說著就去找焦老夫人。

「娘，您為什麼要蘭芝每天織五匹布？我們家又不賣布。蘭芝累得腰痠背痛，快受不了啦，娘，您就饒了蘭芝吧！」

焦老夫人板起臉，「胡說，媳婦在家裡都得做事，我可沒虧待她，是她太懶惰。」

這時，婉如走了進來，「媽，妳要嫂嫂做的事太多了，很多事是丫頭冬梅該做的，妳也要嫂嫂做，一天織五匹布，太多了吧！嫂嫂的身體怎受得了，您在折磨嫂嫂呀！」

焦老夫人勃然大怒，站了起來，指著婉如大聲責罵：「妳這死丫頭，竟敢對娘這樣說話，混帳。」說著，一掌揮過去，重重打了婉如一個耳光，把婉如打倒在地、大哭起來。

過了一個月，一天晚上，仲卿從郡衙門回家，進了家門，發現家人全都睡了，只有蘭芝一個人還坐在客廳織布機前織布，且不斷在咳嗽。

「蘭芝，」仲卿關心地扶著蘭芝的肩膀，「這麼晚了，妳怎麼還不睡？」

蘭芝邊咳邊嘆息，「這匹布還沒織完，我不敢去睡。」

仲卿把蘭芝拉起來，「蘭芝，妳咳得很厲害，該休息了，織不完就算了，我真不知道為何要織這些布？走吧，快回房去睡覺。」

蘭芝被仲卿扶著回到房間，忍不住伏在仲卿的肩頭上大哭起來。

「蘭芝，」仲卿拍著蘭芝的背，「別難過，我明天求娘不要給妳那麼重的工作，我們家有丫頭、有男僕，他們可以做很多事，為什麼都要妳去做。我們家又不賣布，要妳織那麼多布幹什麼？妹妹說得對，娘真的在折磨妳。」

「仲卿，」蘭芝仰著頭，淚汪汪地看著仲卿，「我有一個不好的預感，我感到我們兩人就要分離了。」

「不！」仲卿叫起來：「不要，我們決不分離，除非是死，否則絕對不分開。妳忘記我在湖邊的誓言嗎？我說，我們雖不在同日生，但願在同日死。」

「仲卿，」蘭芝哭得像淚人兒，「謝謝你這麼愛我，我劉蘭芝這一輩子活得很值得了。」

第二天上午，仲卿在客廳見到焦老夫人，仲卿向母親請了安，焦老夫人盯住仲卿，怒斥道：「你昨晚什麼時候回家？怎麼不來我房間請安？」

「昨晚回來時娘已經睡了，不敢叫醒娘。」

「哪裡是不敢叫醒我，分明是你看到你媳婦還在織布，就拉她回房去了，你真是見了媳婦忘了娘，你妹妹也變了，她受蘭芝的誘惑，也敢和我唱反調，這個家完全沒有規矩了，敗壞家規的根就是劉蘭芝，現在我要你把劉蘭芝休掉。」

「休掉！」仲卿忿忿不平，「她沒有犯七出之例，怎麼要休她！」

「混帳，」焦老夫人拿起一根木棍對著仲卿打下去，「跪下，你這不孝之子，劉蘭芝做事不勤快，織布稀稀疏疏，都是罪名，要你休妻，是我的命令，你叫她收拾好她自己的東西，下午就派車送她回去。」

仲卿跪在地上嚎啕，焦老夫人怒氣沖沖走了出去。蘭芝在門後聽得一清二楚，跑出來，扶起了仲卿，兩人抱頭大哭。

回到房裡，仲卿趴在桌上哭泣，蘭芝卻鎮定下來，她知道事情無可挽回，自己的預感成了真，天哪！難道這真是我的命嗎？將來的日子要怎麼過呀？她搖搖頭，開始收拾衣物。

「蘭芝，」仲卿滿臉淚水，顫抖地說：「妳真的要走嗎？」

蘭芝摸著仲卿的臉，擦去淚水，「仲卿，你還看不出來嗎？婆婆把我看成眼中釘，非要拔去不可，事情已經無可挽救。也好，我回娘家去，可以暫時養養身子，如果還留在焦家，我想我很快就會被婆婆折磨死了。」

蘭芝收拾了幾件衣服，連同黑石和錦墊一同包了一個布包袱，蘭芝說：「我有幾十件繡花布料，我自己認為繡得還不壞，留給你送給你未來的新娘子，如果她不要，你就自己留著當紀念吧！我只帶走這個黑石和錦墊，黑石不碎、錦墊不破，就代表我們的愛情仍在。」

「蘭芝，」仲卿哭叫著：「我不要妳走！我永遠不會再娶，我們生生世世在一起。」

「仲卿，」蘭芝拍拍仲卿，「別像小孩子，你無法不聽婆婆的命令，你好好保重自己吧！」兩人擁抱著痛哭。

即使再難過，也終於離別，到了下午，丫頭冬蘭來報告：「少爺，馬車準備好了。」

仲卿和蘭芝低著頭，一步一步走向門口，正要跨出門口時，婉如忽然衝了出來，哭著叫喚：「嫂嫂！」

蘭芝和婉如緊緊地擁抱在一起，哭了一會，蘭芝先止住哭，握住婉如的手說：「妹妹，我們相聚三年多，今後我們不會再見了，妳要自己保重。」

婉如又大哭起來，緊緊抱住蘭芝不放。

哭了許久，蘭芝拍拍婉如，「婉如，別哭了，我要走了，妳多保重。」

仲卿和蘭芝上了馬車，仲卿吩咐車夫走慢點，他多麼希望這是一個沒有終點的路程，他和蘭芝能永遠坐在馬車上，相偎相依。

在馬車上，兩人默默無言，他們心亂如麻，未來的日子會怎麼過？完全料不到，唯一可以肯定的是他們對抗不過殘酷的現實，他們要分開了，以後連見面的機會都沒有了，多麼令人心碎呀！

「蘭芝，」仲卿先開了口，「我仍然堅信，有一天我們會團圓，我會來接妳回我們的家。」

「我回娘家的日子一定很難過，我娘心軟沒有主意，我的兄長是個貪財小氣的人，他不會容得我在家吃閒飯，一定會逼我再嫁，但我心如黑石一樣堅定，此生決不轉移。」

「我會守住湖邊的誓約，我們要生生世世為夫妻，永不分離。」

馬車停了下來，車伕叫著：「少爺，到了。」

仲卿和蘭芝無可奈何地下了車，蘭芝提著小布包獨自走向家門，仲卿望著蘭芝進了門，淚水像湧泉一樣，「蘭芝，」仲卿心裡說著，「我會再來看妳，一定會！」

蘭芝提了布包走進家門，劉老夫人和大哥劉耀冲正在客廳聊天，看到蘭芝一個人回家，吃驚地站了起來。

「蘭芝，妳一個人回來？」劉老夫人拉住蘭芝。

「娘，大哥。」蘭芝跪了下去，叩了頭，說：「女兒不孝，被焦家休了。」

「什麼？妳被休了？你們夫妻不是感情很好嗎？」劉老夫人急切地問。

「仲卿對我很好，是仲卿的母親命令他把我休了。」蘭芝低著頭說。

「那個焦老太婆是個惡婆娘，鄉里鄰居都這麼講，今天看來，傳言不假。」劉耀冲說：「妹妹，別難過，妳還年輕，再找個婆家一點不難，我來找媒人，一定比焦仲卿要強。」

劉老夫人搖搖手說：「耀冲，別急，蘭芝剛回來，先回房去休息吧，一切事情慢慢再談。」

天黑的時候，馬車回到焦家，焦仲卿根本吃不下飯，便往房間裡，呆坐在床邊。

婉如哭著跑了進來，「哥，嫂嫂回到娘家了嗎？」

仲卿點點頭，「妹妹，別哭了。」

婉如拿出手帕，邊拭淚邊說：「可憐的嫂嫂，往後的日子怎麼過啊！」

仲卿搖搖頭，「我真不敢想像，但妹妹，妳為什麼會和蘭芝親近的？」

婉如說：「嫂嫂剛嫁過來的時候，我心裡是很嫉妒她的，她太漂亮，又有氣質，我吃她的醋，所以常常和娘站在一起找她的麻煩，可是嫂嫂卻從不和我爭辯，她一直在包容我，後來嫂嫂竟然還願意教我讀書，給我講做人的道理、又教我畫畫、刺繡、做衣服，把我當成自己的妹妹，把所知道的都教給我，哥，我能不感動嗎？」

「所以蘭芝走了，妳捨不得。」

「當然捨不得，但更重要的事是我從嫂嫂身上想到我自己，我有一天也要出嫁的，如果我的婆婆也像娘一樣對待媳婦，那我的命運真是悽慘，哥呀，我好怕！」

轉眼，蘭芝回家三個月了。一天，耀冲笑嘻嘻地過來看她，「妹妹，剛才媒人來告訴我，郡太守要為他的第三個兒子娶媳婦，太守看上了妳，託媒人來提親，妹妹，這我怎能推辭？」

蘭芝心頭像被重拳打擊，幾乎喘不過氣來，不安地問：「太守怎麼會選一個被休離的女人做兒媳婦？」

「這有什麼關係，」耀冲說：「再嫁的女人多的是，妹妹，太守是一郡的父母官，權勢大，他說話等於是命令，妳能反抗嗎？何況嫁到郡太守家，能享受的榮華富貴，豈是一個在郡衙門當小吏的焦仲卿能比得上的！」

蘭芝心知這次是躲不過去了，便淡淡地回覆：「哥哥說得有道理，我們只好答應了。」

耀冲樂得大笑說：「太好了，我去告訴媒人。」

過了三天，媒人帶了三大車的聘禮來到劉家，媒人對耀冲說：「郡太守的聘禮送來了，他想盡快為三公子完成婚禮，本月三十日是吉日，請問可否來迎娶？」

耀冲立刻到內室報告劉老夫人和蘭芝，劉老夫人說：「今天是二十七，距離三十日只有三天，蘭芝，還好我已經準備了衣料，妳趕快去做套嫁衣，」

一陣涼意襲上心頭，蘭芝忍住淚水，默默地回房。

出嫁前一日的晚餐，劉老夫人特別準備了豐盛的菜餚，喜孜孜地對蘭芝說：「蘭芝，明天就是妳大喜的日子，今晚我們為妳慶賀。」

席間，劉老夫人和耀冲喝了不少酒，飯後，帶著醉意回房睡覺，蘭芝獨自坐在房中，整夜未眠，她拿出黑石和錦墊，又拿了一塊白布，寫了幾個字，用小布袋包起來。

更深夜靜，蘭芝坐在窗邊，窗外一片漆黑，天上閃著星光，蘭芝靜嘆一聲，輕聲自語道：「天哪！這是我在人世的最後一天，二十年來，我沒有做過壞事。老天爺呀！你為什麼讓我有這種下場？我希望死後有靈，我要見你，我要問清楚我在世間到底犯了什麼錯？」

忽然，傳來一聲馬嘶聲，蘭芝心裡一震，莫非是仲卿連夜趕來找她。蘭芝提著小布袋，悄悄溜出家門。在門外，靠著星光和馬的呼吸聲，蘭芝發現不遠處有人站著，蘭芝邊叫邊跑過去：「仲卿！」

仲卿也迎面跑來，兩人立刻擁抱在一起。過了一會兒，仲卿說：「今天中午，衙門同事告訴我，太守的兒子要娶妳，明天就要迎親，所以我連夜趕來見妳。」

蘭芝說：「哥哥一直要我再嫁，我已經推掉三家，太守求親，我們百姓無法推辭，你說，我怎麼辦呢？」

「蘭芝，我們現在就逃走吧！」

蘭芝搖搖頭，「逃走？我們逃到那裡去？我們沒錢，加上郡太守勢力大，我們還沒出廬江境界就會被官府差人抓回去。」

「那……怎麼辦呢？」仲卿著急著。

「仲卿，別難過，認命吧！你還記得我們在湖邊的誓言嗎？」蘭芝為仲卿擦拭眼淚。

「我不會忘記。」仲卿說。

蘭芝把小布袋交給仲卿：「你拿回去再看，現在天快亮了，你回去吧！」兩人擁抱了一會兒後，仲卿在無可奈何下，只能騎上馬離開。

蘭芝望著仲卿身影消失在黑暗中，便一步一步向湖邊走去。等到東邊第一道曙光浮現出來時，她仰望著天，喃喃自語說：「老天爺啊！我來了！請你來接我！」然後閉上眼，縱身一跳，墜入湖中。

仲卿回到家時太陽已經高掛。焦老夫人看到仲卿便說：「仲卿，你怎麼這時候回來？是不是聽說蘭芝今天要出嫁了？你別難過，我們隔壁趙家有個女兒名叫羅敷，我今天就託媒人去說親。」

仲卿搖搖頭，有氣無力，「娘，我頭好痛，要回房睡覺。」

仲卿躺在床上，淚如泉湧，不但頭痛，他的心更痛。

中午，婉如進房對仲卿說：「哥，吃午飯啦，你臉色慘白趕快吃點東西。」

仲卿被婉如拉著到飯桌前坐下，此時冬梅慌張地跑進來，喊著：「不好了，街上鄉親都在說少夫人投湖自殺了。」

焦老夫人、仲卿、婉如全站了起來，焦老夫人說：「冬梅，妳說什麼？」

冬梅說：「少夫人投湖自殺，死了。」

「砰！」一聲，仲卿暈倒，摔在地上。

從下午到夜晚，仲卿一個人留在房內，他沒有哭，淚已流乾了，他在回想他和蘭芝三年多相處的點點滴滴，忽然他想到蘭芝給他的小布袋，打開布袋，是那塊黑石和錦墊，還有一塊白布，白布上寫著：「石存墊在人已逝，魄消魂散愛永生。」

仲卿緊緊握住白布。自言自語道：「蘭芝，我懂妳的意思，妳既然守著湖邊之約，我也不會食言，我們會同日死，願老天爺能幫我們完成誓約的另一半，生生世世結為夫妻。」

半夜三更，仲卿悄悄到了後院一棵大松樹前，取出一條絲帶，在樹枝上打了結，輕聲叫著：「蘭芝，妳慢點走，我來了！」便上吊自殺了。

第二天，仲卿自殺的消息傳遍鄉里，劉老夫人派人到焦家，要求讓蘭芝和仲卿同葬一穴，街坊鄰居們也紛紛贊成，焦老夫人難以拒絕，只好同意。

不久在湖邊出現了一座墳墓，那是仲卿和蘭芝合葬之地，在墓的左右兩旁各種植了一棵松樹。奇怪的是松樹本該筆直成長，但這兩棵樹長著長著卻往中間歪去，好像相互吸引，樹頂越來越接近，好像一座拱門，茂密的樹頂枝葉相互交叉，有如環抱在一起；而且有兩隻鴛鴦每天傍晚都會飛到樹枝上，卿卿我我，相偎相依，成為令人羨慕的奇景。

跛腳老師的故事

基督信仰核心是愛，愛的表現之一是原諒，即使快被他打死，但我原諒他了。

樂群小學開學了，新到任的老師李春明走進了四年一班的教室，引起了全班小朋友哄堂大笑，大夥兒都在嘰嘰喳喳議論著，校長正走過教室門口，聽見教室內小朋友的吵雜聲，便走了進去。

校長一進教室，小朋友立刻安靜下來。校長站上講臺對大家說：「今天是開學第一天，你們班的新級任老師是李春明老師，李老師剛從臺南師範畢業，他會和你們相處得很愉快，帶你們快樂地學習。剛才李老師走進教室，我看到你們嘻嘻哈哈在笑，議論紛紛，我知道你們在笑李老師走路的樣子，李老師是跛腳，就是瘸子，那是因為李老師的左腳受過傷。各位小朋友，你們想知道李老師的左腳為什麼會受傷嗎？有一段很感人的故事，你們要不要聽？」

全班小朋友同聲叫著：「要！」

校長點點頭說：「既然要聽李老師的故事，我就來講給大家聽，我講故事的時候大家要安靜，而且專心聽，你們可以笑，也可以哭，只要是出於你們的真心。」

「好！」小朋友異口同聲說。

一九五六年的臺灣臺南是一個農業城市，馬路旁稀稀落落的幾盞路燈，掛著淡黃色燈泡，顯得十分幽暗，晚上八點，街上只有兩三家店還開著門，很少路人在行走。

許進財從臺南火車站步行了半個多鐘頭，來到民樂街的一條小巷子裡，一轉進巷口就聽到小孩尖銳的哭叫聲，夾著一個男人粗野的叫罵聲，此外有竹片拍打聲，那孩子被打得哭叫哀嚎著，使得安靜的夜晚顯得恐怖悽涼。

許進財來到這家門口，敲了門，一位中年女人來開門，那女人一見許進財便伸手拉他進門，盼望的表情掛在臉上：「哥，你來了，請坐請坐。」說完就去倒了杯茶給許進財。

客廳裡擺了一張圓桌，靠牆放了兩張籐椅，許進財接過茶，對許賢美說：「妹，怎麼回事？」

這時，李寶吉站在圓桌旁，氣呼呼地叫道：「春明這傢伙把家裡一個大湯碗打破了，做事那麼莽撞，要打死這敗家子。」

春明蜷曲著身子躺在牆角哭泣，進財走到春明身邊，蹲下身去，只見春明背上的衣服染紅了一大片，鮮血不斷滲出，進財叫了起來：「寶吉，你出手太重了，這樣出血下去會沒命的，趕快救人。」說完立刻跑到隔壁，找來胡里長，胡里長身強力壯，看一眼春明的傷勢，一言不發，就背著春明直奔衛生所，進財、賢美跟在後面。

衛生所的值班醫生看了春明的傷勢後，不斷搖頭說：「這是被竹片劃傷的，有十幾處傷口，不斷流血，撕裂傷很大，幸好骨頭沒斷，不過如果出血過多也會沒命的，這孩子才十二歲，誰下這麼重的毒手？」

胡里長說：「是他的父親打的。」

「是親生父親嗎？下手這麼重。」醫生邊說邊幫春明包紮傷口，紗布幾乎把上半身都裹住了，對護士說：「趕快找救護車來，送臺南醫院，要詳細檢查，還要輸血。」很快春明就被送上救護車，直奔臺南醫院，到院後立刻被送進手術室。

跟著去的進財、胡里長和賢美三個人在手術室外不安地等著，進財問賢美說：「妹妹，春明為什麼會被打成這個樣子？」

賢美擦著眼淚說：「吃完晚飯，春明幫忙收拾碗筷，他捧著大湯碗回廚房，也許湯碗上有油，太滑了，就失手把大湯碗摔在地上，摔得粉碎，寶吉一怒拿起一捆竹片就打下去。」

「打破一個湯碗不是什麼大事，寶吉打得這麼狠，好像要把春明打死而後快。」進財說。

胡里長說：「這兩三年來，我晚上常聽到寶吉打春明，春明尖著嗓子哭叫，有一次，我去敲門，寶吉對我瞪著眼大叫：『我教訓我的兒子，你少管閒事。』說完就氣呼呼地關上門，後來我也好多次聽到春明在屋內被打到哭叫，但我再不敢去敲門了。」

「妹妹，」許進財問賢美：「春明一出生，寶吉就不喜歡春明嗎？」

賢美搖搖頭說：「春明是我和寶吉的頭生子，也是獨生子，春明剛出生時，寶吉很高興，也常常會抱他，直到三年前，寶吉騎機車出了車禍，右腳受了傷，後來右腳變得沒力，也搬不了重物，營造廠不要他，於是失業了。那時候開始他的脾氣變得十分暴躁。有一天，一個朋友介紹他去算命，據說靈驗得不得了，那個算命先生問了全家人的生日時辰後，對寶吉說，你最近的工作是否不順利？你出過車禍嗎？算命先生講中了他的事情，寶吉佩服得不得了，就問為什麼會發生這些不如意的事，算命先生說，是因為兒子的命是和他相剋，最近的不如意，只是兒子剋他的開始，將來會越來越厲害，總有一天，命都會被剋掉。寶吉聽了算命先生的話，回來後對春明的態度有了一百八十度轉變，處處挑剔，不是打就是罵，一個原本溫暖的家變成暴力的家，春明經常全身是傷，我雖然阻攔，但寶吉力氣太大，我攔不了，有時連我也被打，這種日子真難過。」

許進財氣憤地說：「算命的話怎麼能相信，真是豈有此理。」

這時醫生從手術室出來，對大家說：「你們是李春明的家屬嗎？」

賢美立刻走到醫生面前說：「我是春明的母親。」

醫生手裡拿著一個資料夾說：「這孩子受傷不輕，是誰打他？」

賢美說：「是他的父親。」

醫生搖搖頭，「竟然有這麼狠心的父親！這是嚴重的家暴，幾乎要了這孩子的命，還好你們很快送醫，否則流血過多就沒救了，他身上大小長短的傷痕二十多個，我給他止了血，也把傷口縫合起來，肝臟和大小腸也有破裂的地方，人已經昏迷了，正在給他輸血，最少要住院四、五天。」

醫生說完就轉身回手術室，走到門口時，他突然回過頭來對賢美說：「李太太，我不知道妳丈夫和這孩子有什麼仇恨，好像要這孩子的命，或許他精神狀況有問題，我建議妳最好暫時把丈夫和孩子分開，兩人不要見面，這樣比較安全。」

醫生說完就進了手術室，大家都聽到了醫生的話。

許進財首先發言，「醫生說得沒錯，春明住在家裡，天天和寶吉在一起，哪天寶吉發脾氣，又會把春明毒打一頓。我是春明的親舅舅，我有責任保護春明，可惜我住臺北，和臺南距離太遠，又沒結婚，家裡沒有人可以照顧春明，真不知道怎麼辦。」

胡里長一拍手說：「對了，我有個主意，我認識一個牧師，他的教堂離這裡不遠，這位劉牧師是個溫和有禮的人，雖然我沒信基督教，但我有事情常去請教他，他也幫了我許多忙，解決了許多事，他是個好人，我想我們可以去找他幫忙，看看能不能讓春明住到教堂裡。」

進財立刻說：「里長，明天你就帶我和賢美去找劉牧師，希望劉牧師能救救春明這孩子。」

凌晨，護士推著一張病床，從手術室出來，床上躺著滿身纏著紗布的春明，賢美撲上前去哭得幾乎昏倒，進財和里長也跑上前去，輕輕地叫著：「春明。」

春明睜開了眼睛，虛弱地說：「媽，舅舅，里長，我好痛！」

護士迅速推著病床進入病房，轉身對賢美說：「妳是這孩子的媽吧？快回去拿盥洗用具來，他恐怕要在醫院住好幾天。雖然已經脫離危險，但現在非常虛弱，需要休息，你們先回去吧！」

賢美和進財回到家中，寶吉本躺在客廳沙發上抽煙，看見他們進來，猛然站起來問賢美：「怎麼樣？死了嗎？」

賢美大哭起來，「你還有良心嗎？你是存心要把春明打死的，天下竟有你這種爸爸嗎？」

進財兩眼冒著怒火說：「寶吉，我今天才知道你是一個心狠手辣的傢伙，還好老天有眼，保住春明一條命。」

寶吉冷冷地說：「不是我心狠手辣，是這小子逼我下手，如果他沒死，我下次看到他，我還要幹掉他。」

賢美回房，匆匆地收拾了春明的盥洗用具和衣物，便和進財到胡里長家會合，一起去教堂找劉牧師。

在劉牧師的辦公室裡，胡里長把事情的經過詳細地講給劉牧師聽，劉牧師聽完表示同情，胡里長說：「問題是春明出院後不能回家，否則一定會被他爸爸打死，可憐的春明才十二歲，要怎麼活下去？」

賢美一直在哭泣，進財則不斷地搓手，兩人看來均憂心忡忡。

劉牧師想了一會說：「基督教會辦了一個孤兒院，但春明又不是孤兒，不符合資格。好吧，春明先到我家來，我來照顧他，我有一個兒子，現在讀高中二年級，可以帶春明，我太太心地善良，她一定也願意收留春明。」

春明在醫院住了七天，終於可以出院，賢美帶著春明來到劉牧師家，劉師母張開雙手抱著春明，溫柔地說：「春明，從今天起，你成為我家中的一員，你是劉牧師和我的孩子，劉全恩的弟弟，我們家很小，你要和全恩同住一室，一起睡覺，一起做功課。」

安頓好了春明，賢美千恩萬謝，臨走時劉師母對賢美說：「春明還是妳的孩子，妳隨時可以過來看他。」

春明溫文有禮，面貌清秀，劉牧師一家人都十分喜歡春明，全恩身強力壯，喜愛運動，功課成績也很好，全恩對春明說：「我們在同一個學校，我是高中部，你是初中部，只是在不同的大樓上課，你中午休息時間和下午降完旗後，都可以來找我，我可以帶你做運動，你可以選擇自己喜歡的項目去參加，春明，你體力太弱了，要多鍛鍊。然後每天晚上我們一起做功課，你有不懂的地方可以問我，我來教你。」

這時，劉牧師走了過來，對春明說：「春明，我們的家生活是很規律的，早上六點鐘起床，全家人在客廳做晨禱，等會兒全恩會給你講解，七點鐘吃早飯，然後上學，師母會在你書包裡放個便當，中午你就在學校吃便當，放學後回來吃晚飯，晚飯後，大家在一起讀半個小時《聖經》，有時我或師母會給你們講解《聖經》，讀完《聖經》，你和全恩就去做功課，然後洗澡睡覺。這就是我們家一天的生活，春明，你了解了嗎？」

「了解，我會跟著哥去做。」春明點頭說。

時間飛快，春明即將初中畢業了，有一天晚餐後，師母問春明，畢業後是否有想要報考的學校，春明說：「我準備考臺南師範，因為臺南師範免學費，還發生活津貼，免費在學校食宿，並且畢業以後就會分發小學教書，工作有了保障。」

師母點點頭，「春明，你是會計畫的人，不過，臺南師範很難考，你要多多努力。」

「師母，我會盡力的！」春明堅定地回答。

努力的春明果然考上了臺南師範學校，他住進了學生宿舍，即將面對獨立生活，顯然是人生的另一段新旅程；也讓他開啟了生命思索的大門。由於跟著劉牧師讀《聖經》，勾起了他思考生命意義的興趣，又因為受了全恩的影響，他對運動點起了熱情，他參加了學校的武術社，勤練中國拳術。

到了二年級，春明主動請劉牧師為他施洗，成為基督徒。

施洗後，劉牧師把春明帶到一間小禱告室，問春明道：「春明，你從前恨你的父親，恨他幾乎把你打死，恨他使你不能回家，恨他讓你和媽媽分開，現在你成為基督徒了，你對父親還是懷著恨意嗎？」

春明誠懇回答說：「這三年我把《聖經》仔仔細細地讀了三遍，又讀了不少有關基督教的書，對基督信仰有些認識，基督信仰的核心是愛，愛的具體表現之一是原諒，我以前的確對父親有些恨意，但現在已經消除了，我已原諒他了。」

「很好，希望你找機會去看看你父親，不要和他辯，只要請他原諒。」劉牧師說。

有一天晚上，寶吉喜孜孜地回家，對賢美。說：「我告訴妳，明天莊大哥要我幫他辦一件事，辦成了給我五萬塊錢，我現在打零工，一年都賺不到五萬塊錢。」

「莊大哥是誰？」賢美好奇地問。

「妳不認識。他開一家公司，專門幫人討債。他要我明天晚上十點鐘到成功公園旁一家良心雜貨店，去向周老闆要兩百萬，莊大哥說周老闆和黑道有來往，要我小心點，得帶傢伙在身上自衛。」

「要你帶刀子去，多危險啊！寶吉別去，寧可少賺點錢，別賣命呀！」賢美表示反對。

「道上的朋友我見多了，沒什麼好怕。」寶吉說。

第二天下午，賢美一人在家，忽然電話響了，是春明打來的，賢美急著說：「春明，有件事要告訴你，你爸爸今天晚上十點鐘要到成功公園和人打架，還帶了刀子，對方可能是黑道人物，這怎麼辦？」

「媽，別急，我想想看。」春明說完就掛斷電話。立刻騎了腳踏車到成功派出所找刑事小組的焦組長，焦組長是春明的小學老師，春明和焦老師一直保持聯繫，現在遇上這種黑社會分子打架的事，又在焦組長轄區之內，春明立刻想到可以向焦老師求救。

焦組長聽春明說明事情之後，便告訴春明，他會帶幾個警察在晚上十點鐘去成功公園，叫春明先回家。

春明放心不下，在攤上吃了一碗麵，便在成功公園一個石板凳上坐著，他發現公園旁正在蓋房子，工地旁有一些零散的鋼筋，他靈機一動，選了一根大約一公尺的鋼筋拿在手裡。

天黑了，公園裡已經沒有人在走動，春明在一棵大樹下坐著，靜靜地等。

接近十點時，春明透過淡黃的路燈，看到父親帶著兩個人走到良心雜貨店門前，敲了門。

不久，門開了，走出來四個壯漢。

「潘老大，」春明聽出那是父親的聲音，「我們來找周老闆，要他還債。」

「老李，周老闆不在，你回去吧！」潘老大仰著頭說。

「回去？休想！」李寶吉大吼一聲，一拳揮了過去，雙方的人開始對打起來。李寶吉和潘老大打了幾個回合，由於光線太暗，寶吉的右腳被一塊突起的石頭絆了一下，右腳跪了下去，仰起頭來，突然發現潘老大拔出一把刀子高高舉起，正要朝寶吉的頭上砍下來，寶吉大吃一驚，這一刀根本避不開，自己是死定了，忽然一個黑影像飛鳥一樣撲過來，手拿一根鐵條，對著潘老大的刀撞過去，「噹」一聲金屬相撞的巨響，潘老大的手腕發麻，刀脫手向後飛去，並大叫一聲向後倒下。

寶吉一看叫了起來：「春明！」

「爸，別怕，我來幫你。」春明正想用鋼筋刺向潘老大，忽然有人在春明腿上砍了一刀，春明痛得向後倒，小腿的血大量湧出。

這時兩輛警車正開亮了大燈，警笛大鳴，衝了過來，兩群人立刻向四面逃竄，只剩下寶吉和春明還坐在地上。

「快叫救護車。」焦組長叫著。

「老師。」春明說。

「春明，你躺著別動，我幫你止血。」焦組長邊說邊解下自己身上一條布腰帶，將春明小腿包紮起來，這時救護車趕到，把春明急速送到臺南醫院。

在手術室門口，焦組長問寶吉：「你是春明的父親嗎？」

「是！」寶吉低著頭回答。

「我來遲了一分鐘，讓春明受了傷，幸好救了你，否則，你父子兩人恐怕都性命難保。」焦組長說。

「謝謝組長救了我們。」寶吉不斷地鞠躬。

「今天救你的是春明，如果不是春明在地上找到一根鋼筋做武器，你早就沒命了。」

這時醫生走出手術室，對焦組長和寶吉說：「沒有生命危險，但左小腿刀傷很深，傷到骨頭，神經也被切斷，將來恐怕會不能正常行走。你們可以到恢復室看看他。」

寶吉和焦組長快步走進恢復室，只見春明左小腿全被紗布包裹住，手臂上正吊著一袋血漿。

「春明。」寶吉跑到春明病床前，哭著說：「謝謝你救了我！你不恨我嗎？」

「爸爸，」春明發出微弱的聲音，「你是我的爸爸，我愛你，我不會恨你。爸爸，要謝謝焦老師，我把你們要打鬥的事告訴焦老師，焦老師帶了警察來救我們。」

「李寶吉，」焦組長嚴肅地對寶吉說：「你的行為我們組裡都有紀錄，三年多前，你差點把春明打死，這是嚴重的家暴，打死兒子也是犯法有罪的，我們查出來你是受算命師的影響，算命師說春明會剋死你，你就想先下手為強，先弄死春明，可是今天是春明救了你的命，春明不但沒剋你，反而救了你，你還相信算命師嗎？」

寶吉哭著跪在焦組長面前，「組長，我錯了，我的知識程度不高，所以會受算命的騙，改天我要把他的算命攤子砸了。」

焦組長立刻說：「不可以再去打架，也不要參加幫派，你受的教訓還不夠嗎？」

「爸爸，別再去打架，原諒那算命的吧！」春明說。

寶吉到春明床前跪下，「春明，原諒我！」說完，趴在春明身上大哭起來。

「爸爸，也請你原諒我小時候犯的過錯。」春明流著眼淚，父子倆哭成一團。

校長說完了這段故事，問：「各位同學，李老師的故事講完了，大家有什麼感想？」

一位男生首先舉手說：「李老師勇敢救父，是孝子！」

另一個女生則站起來表示：「李老師是英雄。」

接著班上小朋友有的喊「孝子」，有的喊「英雄」，紛紛叫成一片，然後全班響起熱烈的掌聲，久久不停。

母與子

辜老師真是天使，在急難中拯救了慎勤，也拯救了我們族人，這是神的恩典。

臺東是臺灣東部的一個縣，南北狹長，東邊是太平洋，西邊是山嶺，一九五〇年臺灣剛光復，島上經濟落後，而臺東又是臺灣各縣中經濟較差的地方，人民生活貧窮。

高慎勤是臺東山地部落中的小男孩，當時六歲，父親和母親前一年夏天上山去採水果時，遇到颱風，山上土石崩落，父母雙雙被埋在土石堆中，不幸身亡。此後，慎勤跟著六十多歲的祖母生活，祖母病重，不能起床，於是一切家事都由慎勤操持，還得照料祖母的飲食起居。幸好他的鄰居是部落頭目，心地善良，每天都會把自己的食物分出一份，叫女兒玉燕送來給慎勤，玉燕和慎勤同年，兩人從小一起玩耍，一起長大，感情好得像親兄妹，不過玉燕比較懂事，會照顧人，像是姐姐，慎勤比較稚嫩膽小，像是弟弟。

兩人也一起上學，村子裡只有一所小學，學生很少，全校不到一百個學生，慎勤和玉燕都上一年級，同一班。一年級的級任老師是辜老師，辜老師是一個媽媽型女老師，丈夫是牧師，有一個兒子讀小學六年級了。辜老師對班上二十個學生都做了家庭調查，知道慎勤和玉燕感情很好，便把兩人排在同一座位，當時學生的桌子是長方形的，兩人共用一張桌子，共坐一張長椅子。

有一天早上，慎勤七點半才醒來，顯然上學就要遲到了，他趕緊穿好制服，來不及洗臉刷牙，背起書包就往外跑，跑了二十多分鐘，氣喘吁吁地衝進校門，全校一片安靜，他趕緊跑到教室，只見同學們都低著頭在寫字，慎勤悄悄地走到自己座位坐下，希望老師沒發現他，突然，身後傳來老師的聲音：「高慎勤，你又遲到了，站到黑板前去罰站！」

高慎勤被老師一喊，全身發抖，坐在座位上不動，一臉驚恐。

辜老師的聲音又響起來，「高慎勤，叫你到講臺上去罰站，聽到沒有？」

突然，坐在慎勤同桌的金玉燕把一杯水打翻了，水潑到慎勤的身上，讓慎勤全身衣服褲子都濕透了。

辜老師立刻跑到慎勤身邊，玉燕說：「老師，對不起，我打翻了我的水壺。」

辜老師高聲說：「我帶高慎勤去保健室換乾淨的衣服，你們一起打掃教室，把有水的地方都擦乾淨。」

說完辜老師就拉著慎勤的手到保健室去，保健室空無一人，辜老師從櫃子裡拿出一套男生制服，帶慎勤走進盥洗間，讓他把全身衣服都脫下來，「我幫你沖個澡，再穿乾淨的衣服。」

「老師，不⋯」慎勤紅著臉結結巴巴。

辜老師邊為慎勤解紐扣邊說：「不要害羞，你把我當媽媽，媽媽不是幫你洗澡嗎？」

很快地慎勤脫得光光，辜老師用沐浴乳為慎勤擦拭全身，再用清水沖乾淨，最後用大毛巾把全身擦乾，穿上乾淨的制服。

從媽媽去世以後，慎勤從來沒有洗過如此乾淨的澡，當辜老師用毛巾為慎勤洗臉後，慎勤忍不住緊緊抱住辜老師哭叫著：「媽媽！」

放學了，辜老師把玉燕單獨叫到辦公室。

「老師，今天把水打翻，對不起，」玉燕低著頭。

「玉燕呀，」辜老師拍著玉燕的肩膀，「妳真是懂事又聰明的孩子。」

「老師，妳知道我是故意打翻水壺的？老師叫慎勤到黑板罰站，他嚇得尿了褲子，一直發抖，不好意思站起來，我就趕緊把水壺打翻，大家就不會知道他尿褲子的事。」

辜老師笑著說：「我知道，我一嗅到慎勤身上的尿騷味就知道怎麼回事了，我帶慎勤去洗澡換衣服也是要幫慎勤遮掩，免得變成同學們取笑慎勤的話柄。玉燕，妳的善良真令我感動，是個聰明的好孩子。」

一個星期後，不料慎勤的祖母在家中過世，慎勤哭著去向頭目求救，頭目讓女兒玉燕去通知辜老師，不久，辜老師來了，看到慎勤坐在地上哭泣，心裡好生難過，這個才六歲的孤兒要怎樣活下去呢？

這時，頭目也來了，對辜老師說：「我很想收養慎勤，可是我已經有四個孩子了，我家又不富有，無法再多養活一個人。」辜老師打斷了他的話，「你的環境我很了解，慎勤的父母死了快一年，這段時間都是你在照顧慎勤和他的祖母，你的善心是族人都知道的，大家都敬佩你。慎勤是我班上的學生，我也有責任照顧他，這樣吧！慎勤住到我家去，我來照顧他，我自己有一個兒子，大慎勤六歲，可以幫忙照顧慎勤。」

「太好了，辜老師真是天使，在急難中拯救了慎勤，也拯救了我們的族人，這個星期天我們一家都要到教會去感謝神的恩典。」

收拾了簡單的用品，慎勤跟著辜老師回家。

辜老師的丈夫姓趙，是村子裡的牧師，為人謙和，樂於助人，辜老師有個兒子，叫趙弘基，讀小學六年級，聰明活潑，學業成績優良，又喜愛運動。

辜老師的家不大，慎勤和弘基同住一室，弘基像哥哥一樣帶著慎勤，教慎勤功課，帶慎勤騎腳踏車、爬山、打棒球、練單槓，讓慎勤享受到家庭的溫暖和歡樂。

暑假來了，有天弘基帶慎勤去釣魚，在他們家對面有一條小河——其實算不了河，只是寬十公尺左右的小溪，但溪水卻是很湍急。溪邊有兩塊大石頭，他倆各坐在一塊石頭上，開始釣魚。

過了十幾分鐘，只聽得慎勤大叫一聲，人就從大石頭上滑落到溪裡去了，慎勤不會游泳，急得大叫：「哥，救我！」弘基一看溪水已經把慎勤沖到十幾公尺外去，而且繼續往下沖。弘基站了起來，沿著溪旁向下游跑，想要追上慎勤，跑了約二十公尺，發現溪旁有一條長木板，立刻抓起木板繼續快跑，跑到超越了溪水中的慎勤後，弘基拿著木板下了溪，溪水雖急卻並不深，只到弘基的腰部，弘基把木板橫放在溪中，這時慎勤正沖下去，被木板擋住，弘基立刻抱住慎勤，這時溪旁正好有兩個大人經過，幫忙把慎勤抬上岸來，進行急救，讓他從半昏迷的狀況中醒了過來。

回到家，弘基把經過的情形都告訴媽媽，辜老師說：「感謝天父的保佑，算是轉危為安。」辜老師要慎勤多鍛鍊身體，還要學會游泳。

在弘基的引領下，慎勤努力練習各種運動，身體也越來越健壯。有一天，慎勤興沖沖地對辜老師說：「老師，今天體育課的胡老師誇獎我游泳的基本動作很好，要我參加游泳隊，他說要好好培養我。」

「太好了，慎勤呀，我並不希望你拿什麼獎回來，只希望你有健康強壯的身體。」

五年過去了，慎勤進入了六年級，弘基則到縣城裡念高中，由於縣城距離村子有段距離，弘基便住在學校宿舍裡，家裡只有趙牧師、辜老師和慎勤三個人相依相守。

有一天午後，棒球隊教練朱老師要慎勤立刻回家換球隊制服和拿棒球，因為傍晚要和另一所小學棒球隊友誼賽。慎勤騎上腳踏車飛快奔回家中，換上球衣，拿起球棒就騎上車回學校，突然他聽到有人尖叫喊著：「強盜搶劫！」

慎勤循著聲音騎過去，發現不遠的街道上，有個男子正在搶奪女人手上的提袋，再仔細一看，那女人不正是辜老師嗎？顯然那男人力氣較大，把辜老師打倒在地，拿著提袋正要逃跑，慎勤跳下腳踏車，從背上抽出球棒，追到那男子身後，對著男子的下身揮了一棒，這一棒擊中男子的大腿，男子向前跪了下去，痛得大叫，男子同時從腰間拔出一把刀，迅速轉身向身後揮去，慎勤沒想到會對方有刀，左手臂被刺了一刀，慎勤本能地反應，立刻揮出第二棒，這一棒打中那男子的右臉頰，使他重重地摔倒在地。

慎勤的左手臂不斷出血。辜老師從地上爬起來後，發現打倒強盜的人竟是慎勤，奔了過來，大叫「慎勤」，並把被搶走的手提袋拿回來，從袋裡拿出手帕，立刻為慎勤包紮傷口止血。這時，有兩個人騎腳踏車經過，辜老師大喊著：「拜託幫幫忙，快去報警，叫救護車。」那兩人見狀趕緊騎往警局。

過了幾分鐘，警察騎著機車趕來，隨後一部救護車也趕到。救護車把慎勤和那強盜一起送到鎮上的醫院，警察也載著辜老師到了醫院。

辜老師在醫院立刻打電話給校長請求支援。

慎勤和強盜都被送進了手術室，過了幾分鐘，一個護士出來說：「高慎勤的左臂傷口很大，流血太多，需要大量輸血，並且要手術縫合，還需要一些時間。」

辜老師聽完全身發抖，淚水直流，不知所措的她只能不停禱告。

不久，校長和兩位老師匆匆跑進醫院，扶著辜老師坐下來，校長拍拍辜老師肩膀說，「別緊張，是怎麼回事，妳慢慢講給我們聽。」

辜老師邊擦眼淚邊說：「今天會計室廖小姐請病假，她請我幫忙去銀行領二十萬，要給全校員工發薪水和繳水電費，我從銀行領到錢，把錢放進手提袋，走出銀行，沒想到有個歹徒跟著我，當走到巷口，歹徒就從我後面跑上來搶我的手提袋，我一邊和他發生拉扯，一邊大叫『強盜搶劫』，但歹徒力氣大，把我推倒，眼看就要搶走手提袋而去，沒想到慎勤騎腳踏車衝上前來，拿出球棒對著歹徒揮了過去，歹徒痛得大叫，跪了下去，但卻用刀砍中了慎勤的左手臂，慎勤又舉起球棒往歹徒頭部打去，歹徒才被打得倒在地下。」

校長驚叫道：「那是員工的薪水呀，錢呢？」

辜老師把手提袋交給校長，這時警察走了過來，要辜老師對搶劫事件做筆錄。

筆錄剛做完，醫生從手術室出來，對辜老師說：「高慎勤左手臂的傷已經處理好了，沒有生命危險，現在正在輸血，你們可以進到恢復室看他。」

大家快速地衝進恢復室，看到慎勤左手臂和上半身都被白色繃帶包裹著。辜老師跑到慎勤面前，彎下身子，才叫了一聲「慎勤」，一顆顆淚珠忍不住就滾了出來，躺在床上的慎勤顯得很疲憊，輕輕地開了口，「媽媽，老師，我可以叫妳媽媽嗎？」

「慎勤，當然可以，你是媽的寶貝呀。」辜老師邊哭邊說，並且緊緊抱著慎勤，兩人臉頰貼著，已經分不清流下的淚水是誰的了。

沙灘上的愛情

沙灘唯有風和日麗下才能維持美景，遇到狂風暴雨恐怕就會變得面目全非。

寶怡是一個活潑美麗的女孩，大學會計系畢業後，進入萬誠投資公司工作。一天，寶怡回家吃晚飯時，在餐桌上，笑咪咪地對媽媽說：「媽，我要結婚了，時間定在兩個月後。」

林媽媽聽了寶怡的話，似乎沒有感到驚奇，笑著回答，「結婚很好呀，妳和健翔從小在一起，算來該有二十多年了，健翔是個好男孩，我很喜歡他，妳嫁給他一定會很幸福的。」

寶怡放下筷子，「媽，妳弄錯了，我不是要和健翔結婚，我要和沈鳴振結婚。」

「沈鳴振？」林媽媽大吃一驚，睜大眼睛看著寶怡，「沈鳴振是誰？怎麼沒聽妳提起過？」

寶怡笑著說：「媽，妳別太激動，沈鳴振是我們公司的副董事長，也是公司的小開，他父親是董事長。一個月前，我在公司走道上遇到了沈鳴振，雖然我進公司快一年了，以前也見過他，知道他是副董事長，但我從未在意，因為並沒有公事要和他接觸。但那天，他向我迎面走來，我只好對他點頭打招呼，他忽然叫住我說：『林小姐，我是沈鳴振。』我趕緊回答：『副董事長，我知道。』接著他走到我身邊，輕聲對我說：『今天晚上七點鐘我請妳到虹景西餐廳吃晚飯，妳有空嗎？』他的邀請讓我很吃驚，一時說不出話來，他見我沒有回覆，便笑著說：『如果沒空，沒關係，我改天再請。』我說：『不，不，我有空，但我不知道虹景西餐廳在那裡。』他很貼心的跟我說：『沒關係，妳六點半到公司對面咖啡店門口等我，我開車來接妳。』就這樣我們開始了第一次約會。」

「慢點。」林媽媽止住寶怡的話，「這個副董事長多大年紀？有沒有結過婚？」

「嗚振今年三十五歲，大我十歲，沒結婚。」寶怡說。

「他家裡這樣富有，沒有交過女朋友嗎？」

「嗚振對我說，他有交過幾個女朋友，都沒有成功，主要因為是女生主動追他，這些女孩並不是他心裡理想的對象。他說他暗中觀察我很久了，他覺得我才是他心目中的對象，他說我是他第一個主動追求的女生。他的家庭很簡單，母親十年前就過世了，只有父親和他，他是獨子，沒有兄弟姐妹，所以很單純。」

「也許這是天上掉下來的喜事，寶怡，我只希望妳的婚姻幸福，有一個美滿的家庭。」林媽媽樂觀的想像著。

第二天開始，寶怡便不去上班了，每天的生活重心都放在籌備婚禮和布置新房上。

寶怡約了她的中學同學趙淑嫻到虹景西餐廳午餐，淑嫻是寶怡的鄰居，兩人同年，小學、中學都是同班同學，所以感情好得像姐妹一樣。淑嫻準時來到餐廳，餐廳裡空蕩蕩的，一眼望去，就看見坐在角落的寶怡，淑嫻快速地到寶怡對面坐了下來。

「寶怡呀，」淑嫻笑著打招呼，「好久不見啦，約我來這麼高級的餐廳，有什麼大事呀，我看這裡很貴吧？」

「是很貴，所以客人很少，很安靜，剛好方便我們聊天。」

淑嫻喝了一口水，好奇地問，「什麼事神祕兮兮的，很嚴重的樣子。」

這時侍者送了菜單來，寶怡和淑嫻都點了牛排，點完餐，等侍者走了，寶怡說：「淑嫻，我要告訴妳一件大事，我要結婚了。」

「哇塞！」淑嫻叫起來，「寶怡，恭喜妳了，終於要走上紅毯，健翔和我們一起長大，是個老實誠懇、努力上進的男人，妳們相愛有二十年了吧！愛情長跑終於跑到終點了，恭喜妳！」

寶怡搖搖手，「妳搞錯了，我結婚的對象不是健翔，是沈鳴振。」

「沈鳴振，他是誰？」淑嫻驚呼，她懷疑自己聽錯，並看著寶怡。

「妳跟我媽一樣大驚小怪，」寶怡瞪了她一眼，「我來告訴妳，三個月前，我們公司的副董事長，就是沈鳴振，他約我出去吃飯，從此就擺明了要追求我，幾乎天天下班後就和我約會，約我去吃飯，還去看電影、旅遊、聽音樂會……，並且常常給我買禮物，反正就是不斷獻殷勤。」

淑嫻插嘴，「他家財萬貫，他花得起錢，他用錢在向妳獻殷勤。」

「不，不是的，我感覺得到，他的誠心誠意，我也感受到他真的愛我。」

「那妳愛他嗎？妳對他付出了感情嗎？除了錢，他什麼地方吸引了妳？他英俊嗎？品德高尚嗎？他有崇高的理想嗎？」淑嫻提出一連串問題。

寶怡手著握杯子，「老實說，我跟鳴振認識才三個月，我對他的品德為人不太了解，他長得也不好，身材矮胖，像他爸爸，有點老闆的架勢，但他對我很熱情，說話很貼心，我和健翔認識二十年，從小一起長大，但是我始終沒有感受到健翔的熱情，我知道他愛我，不過他的愛在我的感受中是溫溫的，像哥哥愛妹妹，不像情人，我覺得情人的愛是又濃又燙，像火在燒！他的愛讓我感受不到熱度，我和鳴振雖然只認識三個月，可是卻能感受到他的熱度和他對我的愛，好了，我們今天不談這個，我約妳來是要請妳做我的伴娘、女儐相，可不可以？」

「但是我沒當過伴娘耶。」

「沒關係，鳴振的祕書非常能幹，婚禮由她當總幹事，她會教妳當伴娘該做什麼事，淑嫻，妳放心，伴娘的服飾、鞋子、化妝等事情都由我們包辦，有專人為妳量身訂製，妳不用操心，也不必出錢。」

經過兩個月的策畫安排，寶怡和鳴振的婚禮順利舉行，場面盛大，會場布置的富麗堂皇，新娘打扮得像公主，美貌絕倫。一場婚禮，給所有的來賓留下驚嘆、羨慕和難以忘懷的記憶。

兩個月後，寶怡又約淑嫻到虹景西餐廳晚餐。

「蜜月過得快樂嗎？」淑嫻很關心地問。

「太棒了！」寶怡拍了手，「我們先到美國邁阿密，再去歐洲。邁阿密的沙灘和海景美得叫人捨不得離開，我和鳴振在海邊玩水，在沙灘漫步，真是美極了，好像在神仙世界裡，我對鳴振說，我們的愛情就像這沙灘一樣美，就把我們的愛情叫沙灘上的愛情吧！」

「慢點，寶怡，」淑嫻打斷了寶怡，「沙灘上的愛情不好，沙灘只有在風和日麗的情形下才能維持它的美景，如果遇到狂風暴雨或滔天巨浪，沙灘恐怕就會變得面目全非，恐怖荒涼了。」

「我倒沒想這麼多，我只記得那天我和鳴振在沙灘上的美好感覺。」

半年後，二〇〇八年一月美國經濟出現警訊，股市、房市大幅波動，大漲又大跌，到了八月，金融風暴席捲美國，也波及全世界，造成世界性金融危機，首當其衝的就是投資公司，萬誠投資公司之前在美國投入鉅額資金，購買了大批投機性金融商品，這些投機性金融商品在風暴來臨時快速下跌，有些在一夜之間成為廢紙，萬誠的資產如雪崩般的塌陷，這些資產幾乎全是吸收小額投資人的存款，金融風暴的風聲讓投資人心生畏懼，紛紛湧到萬誠，要求提回本金，幾千人每天包圍公司，只支撐了兩天，萬誠就無法支付債權人的贖回要求，公司大門緊閉，上千名投資者包圍了公司大樓，警方也派出大批警力到場維持秩序。

寶怡一個人在家，心情緊張得不得了，情急之下打電話給林媽媽，林媽媽接起電話就問說：「寶怡，我在電視新聞上看到好多人包圍了萬誠公司，嗚振現在怎麼樣？」

「媽，」寶怡的聲音顯得緊張，有些發抖，「嗚振昨天晚上沒回家，今天還在公司，他現在焦頭爛額，情緒也不穩定，他說天就要塌了，我們會找不到葬身之地了。」

「別胡說，」林媽媽吼道：「吉人天相，逢兇化吉。寶怡妳一個人怕不怕？」

「媽，我好怕！」寶怡哭了出來。

「那妳回家來吧！」林媽媽說。

「媽，我已經叫淑嫻來陪我，她馬上就到。」

這時門鈴響了，女傭阿香去開門，淑嫻來了。寶怡對著電話說：「媽，淑嫻來了，妳放心吧！」

「寶怡，」淑嫻走到寶怡面前，「妳臉色不好，還在發抖呢，妳一定要先鎮定下來。」

寶怡一把抱住淑嫻，大哭起來，「我好怕，我怎麼辦？妳救救我啊！」

這時電話響起，是曹祕書打來的，寶怡的手一直在抖，幾乎發不出聲音，話筒那邊曹祕書急促地說：「夫人，我要向妳報告兩件事，第一件事是董事長心臟病突發，心肌梗塞，送醫後不治已經走了；第二是公司被查封了，副董和總經理都被警察帶走了。」

寶怡手一鬆，話筒掉在地上，人陷在沙發上，兩眼發直。這時，門鈴響了，阿香去開門，一群制服警察走了進來，最後進來的是一位穿便服的男人，他問說：「我是檢察官，誰是沈太太？」

淑嫻指著寶怡，「她是沈太太，我是她的朋友。」

「沈太太，」檢察官拿出公文，「我們是來查封這幢房子，屋內的東西都不許移動。」

突然，寶怡站了起來大聲吼叫，「有鬼，打鬼，鳴振快來打鬼。」說著拿起茶杯向檢察官擲去，還好檢察官機警，向旁一閃，杯子打在牆上，「砰！」的一聲，砸得粉碎。

寶怡身體則失去重心，搖晃了一下，就向後倒下，背後是一座高大的石雕武士像，武士右手持劍，左手拿盾牌，寶怡正好倒向武士的劍尖上，頸部立刻血流如注，淑嫻跑去扶寶怡，但已經來不及了。

「鬼呀！」寶怡還狂叫了一聲，但已漸力竭，不再動彈了。

「來呀！」檢察官叫一名警察，「快叫救護車。」

救護車來後，救護員先為寶怡做了簡單的包紮，然後抬上救護車，淑嫻也跟上車，她看著滿身是血的寶怡，眼睛雖閉著，但臉上依舊是十分懼怕的神情，救護車的警報，聲聲緊扣淑嫻的心，她心裡浮出了一句話：「難道這就是沙灘上愛情的結局嗎？」

光球

妳要勇敢地活下去，把愛獻出來，未來妳們兩人必定能在天家相會的。

花蓮縣位於臺灣東部海岸，在一九五〇年代，人口不多，居民多以打漁和農業為主，是一個經濟落後的地區。

一個穿著高中制服的女生騎著腳踏車在鄉間小路上奔馳，小路是由砂石鋪成，騎起來十分吃力，而且稍不留心，就會摔倒。女學生在轉彎路口，就被一塊石頭卡到而摔在地上。剛好有位年輕男生正走在小路旁，立刻跑上前去，把女學生扶起來，他看到她的右手肘被石子擦破流血，便從口袋裡拿出一塊白手帕，把出血的部位緊緊包紮起來，幸好沒有其他地方受傷。

「謝謝，不流血就好了，我還能走。」女孩望著男生，流露出羞怯的表情。

「這條路很不好騎，吃力、又容易摔車，我如果騎車，都不敢走這條路。來，我幫妳推車，妳要到那裡？」男孩的語氣溫柔又充滿了關心。

「我住在新橋路，就在前面不遠。」女生說。

「我住在松林路，我家離新橋路不遠，我可以送妳回家，好嗎？」男孩說。

「當然好啦。我叫何玉鳳，現在念花蓮女中高二。」

「我叫徐德超，在臺北念藝專，我學的是美術。」

「我也喜歡繪畫，你教我畫畫好嗎？」玉鳳說。

「我一兩個星期會回花蓮一次，我回來的時候可以教妳，可以給我妳家的地址嗎？」徐德超說。

玉鳳從書包裡取出紙和筆，很快寫完地址和電話並遞給德超，德超看了看，「妳家還裝了電話，真不錯。」當時花蓮地區家裡有裝電話的人很少，大概都是較富裕的家庭。

「電話是朱董事長的，」玉鳳解釋著，「我和母親寄住在朱董事長家，所以你平時不要打來，有緊急事才可以打，你平常給我寫信好了。」

「妳為什麼住在朱董事長家？」德超好奇地問。

「我五歲的時候，爸爸出海捕魚就沒回來，家裡很窮，媽媽撐不下去，便帶我到城裡找工作，朱夫人在菜市場遇到我媽，兩人很投緣，朱夫人邀我媽到她家做管家，把我也帶去，住在她家，朱家很富有，房屋很大，家裡有三個傭人，一個管飲食、一個管打掃和清潔、一個管整理花園，我媽的職務是總管，因為朱董事長和朱夫人都要上班，家裡還有一個比我小一歲、智能障礙的兒子小元，我媽要指揮三個傭人，總管家務，照顧小元，我住在朱家，也會幫忙帶小元。」

「朱董事長讓妳們母女住在他家，還真會打算盤。」德超說。

「不，不，」玉鳳趕緊辯護，「朱董事長和朱夫人都是好人，他們要我和我媽住到他們家完全是一片愛心，當時我和媽來到花蓮，舉目無親，求救無門，幾乎要淪落街頭，像是一對不會游泳的母女，跌落河中，就要淹死了，幸好遇到貴人，把我們救了起來，讓我們脫離死神的魔掌，使我們能和普通人一樣活下去。」

「妳在朱家住了很久吧？」德超問。

「我五歲的時候住進朱家，朱董事長讓我們住在花園旁的一幢小木屋，有三間小房間，夠我媽和我住，朱家的主屋是一幢兩層樓的鋼筋水泥樓房，我白天有時也會到主屋去和小元玩，有時帶小元到花園玩耍。」

「朱董事長待妳們好嗎？」德超問。

「他們把我們看成一家人，我不知道他們給我媽的工資是多少，但我從小學到現在，每學期的學費和服裝費都是朱夫人，不，我們平常叫他們朱伯伯、朱媽媽，都是朱媽媽替我付的。」玉鳳說。

「他們為什麼要對妳那麼好？」德超很好奇。

「我也不知道，我只知道他們是基督徒，每個星期天朱伯伯、朱媽媽都會帶著小元和我一同去教堂做禮拜，我常聽朱媽媽說耶穌就是愛，我們基督徒也要發揮愛心，要愛鄰居、愛朋友，甚至要愛我們的仇人。」玉鳳說。

「真是了不起。」德超表現出佩服的神情。

「我家到了，謝謝你。」玉鳳說。

「不用謝，妳回去要擦紅藥水和消炎藥膏，用紗布包紮起來。玉鳳，我明天就回臺北去了，我會寫信給妳。」德超說著就把腳踏車交給玉鳳。

「我會等你來信。」玉鳳接過腳踏車，雙眼盯住德超，帶著羞澀的表情：「我等你！」

第二天，玉鳳就接到德超的「限時專送」信件，信裡寫滿了對玉鳳思念之情，又表示下星期天會回花蓮，約玉鳳到郊外去寫生作畫。

其實，德超的信是何媽媽在信箱中看到的，取出時看見收件人是玉鳳，很好奇玉鳳的朋友都是同學，天天都見面，為何要寫信？何況還是從臺北寄來的「限時專送」，晚上玉鳳回家後，何媽媽迫不及待問起，玉鳳很坦誠地告訴媽媽，她認識德超的經過，並且答應下次德超回花蓮，會帶他回家和媽媽見面。

玉鳳和德超的交往非常順利，德超回花蓮時，玉鳳帶德超見了媽媽，也和朱董事長、朱夫人、小元見了面，三位長輩對五官清秀、彬彬有禮的德超，都有好感，小元則喜歡拉著德超的手，望著德超癡癡地笑，德超看出來小元是個智力有問題的孩子，卻仍然笑嘻嘻地和小元說些童言童語，逗得小元開懷大笑。

從這天以後，玉鳳和德超來往更密切，兩人幾乎每天都有書信來往，每個星期天，兩人都會騎腳車到花蓮郊區遊玩或作畫，漸漸地兩人都發覺自己已經沉醉在愛河裡了。

玉鳳高中畢業後，不願考大學，她想趕快找工作，賺錢獨立生活，並不是因為朱家待她不好，朱媽媽早就說過，只要玉鳳考上大學，朱媽媽會支持她大學的一切生活費和學費，朱媽媽對她恩重如山，這份恩情甚至形成了內心的負擔，使她時常喘不過氣來，她內心在吶喊：「獨立吧！不要再寄人籬下了，不要天天接受施捨，領受微薄的工資比伸手領受他人的厚賞要快樂得多。朱伯伯要她到他的公司工作，她寧願自己到處去求職，在一家小食品廠找到一個會計、文書兼產品包裝設計的工作。

德超從藝專畢了業，服完兵役後，獲得美國一所大學的獎學金，準備赴美留學。

在赴美前三天，德超回花蓮收拾行囊，他和玉鳳相約騎車到鯉魚潭，整整半天的時間，兩人低頭細語，互訴衷情，時而相擁哭泣，時而相視而笑，他們渴望能在極短時間裡把自己內心的情與愛完全灌進對方的生命中。太陽漸落西山，德超和玉鳳緩緩地站起身，準備騎車回家時，德超從背包裡取出一個信封，信封裡裝著德超親筆寫的一首小詩：

美景迷人最易逝
情愛心比玉石堅
仰望天父成美事

人間天國不分離

玉鳳拿著德超的詩箋，邊讀邊笑，緊緊地抱著德超，久久不肯分開。

德超搭機出發去美國時，玉鳳和德超的爸爸媽媽一同到臺北松山機場送行。

「德超，」徐伯伯拉著兒子的手，「你到美國，人生地不熟，你自己多小心，常寫信回來。」

「德超，」徐媽媽握住德超另一隻手，「你要小心飲食，多注意保暖，別受涼。你不要掛心臺灣，玉鳳我們會照顧她，希望你早點回國，然後你們就結婚，我和你爸爸都想早點抱孫子。」

「爸、媽，你們放心，我會照顧自己，我不是一個人住在臺北也住了三、四年嗎？一切都很好，你們放心，我會寫信回來，媽，要請妳多照顧玉鳳，謝謝！」

這時，玉鳳站在德超身後，默默無言，一臉難分難捨的表情，眼睛裡滿含著淚水。

「玉鳳，」德超轉過身來，深情地望著玉鳳，「妳要多多保重，我很快就會回來，我希望看到一個健康又快樂的玉鳳。」

「德超，我等你回來。」玉鳳的淚水終於忍不住滾出了眼眶。

「玉鳳。」德超顧不得父母在身旁，向前緊緊地抱住玉鳳，雙手像鐵環一樣用力圍住玉鳳。

德超去美國三個月了，每個星期都寫信給爸媽和玉鳳，報告在美的生活情況，一切都很平順，讓在臺灣的親人都感到安心。

但第四個月開始，近半個月，都沒收到德超的來信，臺灣的親友們都有些焦慮，尤其玉鳳更是寢食難安。

有一天晚上，徐伯伯打電話找玉鳳，急促地說：「玉鳳呀，美國那邊打電話來，說德超和他一個同學開車在高速公路上和一輛貨車相撞，重傷不治，我買了機票，明天早班機飛去美國處理後事。」

玉鳳聽到消息時，腦袋像被人敲了一記，手一鬆，電話摔到地上，人摔坐在地上，何媽媽趕緊向前扶住玉鳳，和小元合力把玉鳳抬到沙發上躺下。

整個晚上玉鳳都在哭泣，似乎失去了對外界一切事物的反應，玉鳳腦海裡一片茫然，黑，黑，黑，這世界一片黑，她飄在黑霧中，不知身在何處，不知道現在是身處無邊的苦海，還是極端的悲哀，手摸不到一點實體，腳絲毫踩不著可支撐的物體，玉鳳大叫一聲，只覺得從不知多遠的深淵中傳來不斷的回音，她再叫一聲「德超」，卻沒有任何回響，人像一片羽毛，飄呀！飄呀！她在遠方看到一個淡淡的亮點，亮點中有一個人影，「德超！」玉鳳大叫著，「等我！」，「玉鳳！」是那亮點的回答：「我會等妳，在妳身旁！」玉鳳大哭著叫喚：「德超！」拚命向前衝去。「砰！」一聲巨響，玉鳳從床上滾到了地上。

坐在床旁椅子上整夜未眠的何媽媽立刻跳起來，抱著玉鳳，小元從外面衝進房間，哭叫著：「姐！」

「玉鳳，」何媽媽坐在地上緊緊摟住玉鳳，拍著玉鳳的臉。玉鳳微微睜開了眼，輕輕地叫著：「媽，我好渴。」

小元跳起身跑到廚房倒了一杯溫開水，送到玉鳳嘴唇邊，玉鳳看著小元，淚水又流出來。眼看玉鳳情緒穩定了，大家也都累了，分別回房休息，下午三點，何媽媽午覺醒來，到玉鳳房裡一看，玉鳳不在房內，書桌上留有一張字條，寫著：「媽。我去找德超了，妳們不必來找我，女兒玉鳳上。」

何媽媽一看大驚，立刻跑去找朱夫人，朱夫人打電話叫朱董事長立刻回家，大家在找不到玉鳳的狀況之下，朱董事長決定打電話報警。

原來玉鳳獨自來到海邊，那是德超經常帶她來作畫的地方，她站在馬路旁一條長石凳上，眼望無際的大海，一波波的海浪衝擊著岸邊，水花濺濕玉鳳的鞋，她心裡在吶喊，「好美啊，德超啊，你教我畫過好多幅白雲和海浪，你一筆一畫指點我，畫完了，我凝視著畫上的白雲藍海，彷彿是你張開雙手，在空中飛翔，德超啊，帶著我一起飛吧！拉住我，飛啊！」玉鳳高舉起雙手，期盼德超趕快握住她，她的身子逐漸向前傾斜。她閉起雙眼，踮起腳尖，身子向前衝，口裡叫著：「德超，我來了，你拉住我，幫助我！」

「玉鳳，」一個女人的尖叫聲從身後傳來，接著一雙手緊緊摟住玉鳳的腰，將玉鳳向後拉，一衝一拉之間，兩個人一起倒向石凳旁的草地上。

玉鳳睜開眼睛一看，自己被人抱住滾在草地上，抱她的人竟是她的老師，玉鳳大叫起來，「丁老師，妳在幹什麼？」

丁老師鬆開手，問玉鳳：「我才要問妳在幹什麼？下面是海，玉鳳，妳是想跳海嗎？如果我不抱住妳，妳真的就掉到海裡去了！妳這是幹什麼？」

玉鳳反過身來抱住丁老師大哭，「丁老師，我要去找德超，妳不要攔我！」

丁老師是玉鳳高中三年的級任老師，她和玉鳳感情很好。玉鳳會把自己的心事告訴丁老師，丁老師知道德超是玉鳳的男朋友，丁老師說：「德超不是到美國去留學了嗎？」

「老師！」玉鳳伏在丁教師肩膀上哭著：「德超在美國出車禍走了！」

丁教師拍著玉鳳的肩膀：「可憐，我見過德超，真是一個好孩子，玉鳳，妳想跳海殉情嗎？」

玉鳳繼續在哭，「老師，德超走了，我一個人活不下去，我要去找德超。」

丁老師拉著玉鳳坐在長石凳上，緩緩地說：「玉鳳，我知道妳是基督徒，在基督信仰裡是有天家的，德超也是基督徒，他會回天家的，妳將來死了，也會回天家，就可以和德超在天家見面了，也將永遠不分離。但妳不可以自殺，因為妳的生命是上帝創造的，自殺就是殺了一條生命，這是犯了十誡裡的不可殺人的誡命，那就要下地獄，不能回天家了，那妳就永遠見不到德超了。」

「真的啊！」玉鳳睜大了眼，「我怎麼沒想到，老師，我該怎麼辦呢？」

丁老師拉著玉鳳的手，溫柔地說：「玉鳳，我勸妳不要自殺，我也知道妳這時候一定沒心情去工作，我給妳一個建議，妳讀過《聖經》，一定知道基督教的本質就是愛，耶穌是愛的化身，上帝要人活著是奉獻自己的愛，不只愛親人、還要愛憐人、愛弱勢的人、愛需要幫助的人，在這世界上活著的時候奉獻了愛，死後一定會回天家的，玉鳳呀，妳要勇敢地活下去，把愛獻出來，妳和德超必定能在天家相會的。」

「老師，我該怎麼做呢？」玉鳳望著丁老師。

「妳跟我來，我去年退休了，有個教會辦了一間孤兒院，只收八、九個小孤兒，那教會實在也很窮，維持孤兒院十分困難，所以孤兒們生活很苦，也請不起專任的褓姆和老師，我無兒無女，單身一人，我願意把餘生奉獻給孤兒們，所以我向教會表示我的意願，教會就任命我為愛愛天使園的園長，是義務職，園裡除了我之外，只有一個周媽媽，周媽媽的兒女都亡故了，她也是單身一人，志願為孤兒院奉獻自己。教會每個月只給孤兒院極少的經費，孤兒們的衣食費用幾乎都不夠，所以，我和周媽媽把自己的退休金都給孤兒園了，雖然生活十分困苦，看著孩子們的快樂表情，我覺得把生命都投入也是值得的。」丁老師說。

「我願意去看看。」玉鳳顯然是動了心，站了起來，跨上丁老師的機車後座，隨丁老師來到愛愛孤兒院。

到了孤兒院，孩子們圍了上來，喚著「丁老師！」孤兒院目前有九個不到十歲的孩子，他們的呼喚讓玉鳳感動，她五歲喪父，自己也是孤兒，對著這群靈魂帶著創傷的孩子，心裡有一種說不出來的同情，自動走進了孩子群。

這時，丁老師悄悄去打了一個電話給玉鳳的媽媽，告訴何媽媽，玉鳳正在愛愛天使園，在電話那一頭的何媽媽一直哭著說謝謝，說立刻趕過來。

何媽媽趕緊把消息告訴朱董事長和夫人，朱董事長立刻叫司機來，開車帶著朱夫人、何媽媽和小元趕到靠海邊的愛愛天使園。進了大門，小元帶頭跑進去，遠遠看到玉鳳被一群孩子團團圍住，小元用跑百米的速度衝進孩子群中，抱住玉鳳大哭起來：「姐！」

這幕情景讓所有的孩子都愣了一下。

丁老師領了朱董事長、朱夫人、何媽媽走進會議室，把在海邊遇到玉鳳的經過講了一遍，並且介紹了愛愛天使園的目前狀況，丁老師說：「玉鳳來到這裡一個多鐘頭，和孩子們打成一片，我想她暫時已經打消自殺的念頭，她對我說她想留在這裡當義工，我勸她先回家和家人談妥再來。」

「丁老師，」何媽媽站起來向丁老師深深一鞠躬，「謝謝丁老師及時救了玉鳳，如果玉鳳有了三長兩短，我也不要活了，謝謝丁老師！」

朱董事長接著說：「丁老師，謝謝妳，今天妳做了件大善事，剛才聽妳說愛愛天使園經費很困難，我願意每個月捐獻五萬元，不知道丁老師可不可以接受？」

丁老師立刻接口說：「謝謝董事長，上帝會祝福你的。」

朱夫人說：「丁老師，玉鳳雖然不是我們的女兒，但和我們同住快二十年了，我和我先生都把玉鳳看成親生女兒一樣，我們的兒子小元更把玉鳳當成親姐姐，我們都希望丁老師能醫治玉鳳心裡的傷痕，讓她恢復快樂的人生。」

丁老師說：「玉鳳是我的學生，在學校的時候，就和我十分親近，像母女一樣，我當然會盡力幫助玉鳳回到人生正確的道路上，盼望她能繼續走幸福的人生路。」

事情告一段落後，朱董事長一行人向丁老師告辭，帶著玉鳳回家，在愛愛天使園門口，孩子們大聲叫著：「何姐姐再見！」、「何姐姐要回來看我們！」

玉鳳淚眼潸潸地大聲回說：「我一定會回來！」

吃完晚飯後，朱董事長、朱媽媽、何媽媽、玉鳳和小元一起聊著天。

「玉鳳呀，」朱媽媽說：「這個愛愛天使園的孩子們都討人喜歡。」

「朱媽媽，這些孩子們好可愛，」玉鳳也這樣認為，「丁老師要我去她的孤兒院，我本來一點興趣都沒有，只想跳海去追隨德超，但等我進了天使園，這群孩子的天真活潑，重新燃起我生命的火花，把內心的悲痛甩掉一半，他們其實是無依無靠的孤兒，有的雙親亡故，有的是父母不明的棄嬰，他們憑著初生時上帝給他們那一分神賜的純愛，嬉笑快樂，如果等他們年齡漸長，神的純愛被人世間的泥沙攪拌混雜而漸漸消失時，心裡逐漸生長的可能會是憤怒、怨恨、不滿、忌妒，這些社會的渣粒掩蓋了神原有的純愛、祥和、善良，這是多麼可悲的事，我願意陪他們長大，讓他們保有神的純愛，所以我想去愛愛天使園做義工，媽，可以嗎？」

何媽媽說：「玉鳳，只要妳好好地活著，妳喜歡的事情，我都不會反對，董事長和朱媽媽有什麼意見嗎？」

朱董事長說：「我最關心的是妳的幸福，玉鳳，妳還年輕，未來的人生要好好地規劃一下。」

朱媽媽接口說：「愛愛天使園是教會辦的慈善事業，在天使園工作也就是為主工作，是對主奉獻的一種方式，我很贊成，不過，玉鳳，妳不要忘記了這個家。」

玉鳳跑到朱媽媽面前，雙膝跪下，流著淚說：「朱媽媽，快二十年了，您從來沒有把我當外人看，認定我就是您的女兒，在名義上您雖然不是我的母親，但我心裡一直也把您當成我的母親，無論生活上、精神上都是我的靠山，我永遠永遠對您懷著感恩的心，我愛您，媽！」

於是，玉鳳進入愛愛天使園做義工，實際上就是做褓姆，天天面對九個娃娃，事情真多，大哭小叫的聲音此起彼落，還得帶這群小毛頭唱歌跳舞，給他們講故事，解決他們之間的爭吵，一天下來，玉鳳感到好累，但孩子的天真活潑，帶給她人生的希望，她為這群孩子付出了她所有的愛心，也驅走了悲傷和空虛感。

玉鳳在愛愛天使園三年，與每個孩子都有深厚的感情，她把每個孩子都看成自己的弟弟妹妹，孩子們笑，她一起笑，孩子們哭，她也一起哭，她把自己完全融入了這個大家庭。

有一天夜晚，天使園熄了燈，大家都進入夢鄉，忽然，周媽媽大叫：「失火啦！快起來！」

丁老師拉著兩個孩子往外跑，玉鳳右手抱著一個女孩，左手拉著一個男孩也跑出來，屋內的煙越來越濃，孩子們的咳嗽聲此起彼落。

「玉鳳，周媽媽，」丁老師高聲叫著，「把孩子們集中在一起，點一點人數。」

玉鳳立刻把孩子們集合起來，叫著說：「丁老師，八個，少了一個，是叮叮。」

「叮叮又聾又啞，他一定沒聽到聲音。」周媽媽說。

玉鳳立刻轉身往屋內跑，這時屋內已瀰漫著濃煙，丁老師大聲叫著：「玉鳳，妳不能進去，裡面煙太大了。」可是玉鳳早就衝進去了。

由於附近鄰居幫忙打一一九，大約過了五分鐘，消防車和救護車同時趕到天使園，消防隊立刻接上消防水龍頭開始滅火。

丁老師急叫著：「有兩個人在屋內，一大一小。」

兩個消防隊員衝進去，大約過了幾分鐘，消防隊員抬著玉鳳出來，玉鳳懷裡抱著兩歲的叮叮。消防隊員和救護員一起為玉鳳和叮叮做急救，大約過了十分鐘，救護員表示玉鳳和叮叮都沒有恢復呼吸和心跳，立刻送醫院再搶救。

早晨六點鐘，丁老師、周媽媽帶著八個娃娃，跪在花蓮醫院急診室的門口，看著玉鳳和叮叮的遺體蓋著白布被推出來。

「玉鳳！」、「何姐姐！」、「姐姐！」一群人叫著。

在遠處有幾個人正快速地跑向急診室，跑在最前面的是小元，跟在後面的是朱董事長、朱媽媽和何媽媽。

小元跑到玉鳳遺體前，跪了下去，大叫著「姐姐！」不停哭喊著。

八個娃娃大多數還不懂死是什麼意思，但剛才在車上，周媽媽已經對他們講過，以後他們再也見不到何姐姐了，現在看小元趴在地上大哭，激起了孩子們情緒，也開始痛哭流涕，「何姐姐，妳回來啊！我們要妳！」稚嫩的童言在清晨的空中飄蕩，似乎在向上帝申訴！

一整天下來，丁老師忙著把八個孩子分別安置在八個家庭中，傍晚，日落之前，趕回天使園。天使園已經倒塌，一片焦黑，丁老師淚如雨下，望著天空，喃喃自語：「天父呀，我要怎麼收拾這個殘局呀！玉鳳走了，還有八個孩子要怎麼活下去？天父呀，我太微小了，我心疲力盡了，這人生的道路我要怎麼走下去？請祢指引我。」

忽然，丁老師看到東方遙遠的海平線上出現了一個黃色的光點快速地升起，迅速地向花蓮的方向飛來，這時天色漸漸變黑，在她背後花蓮的群山中間也升上一個黃色的光球，以極快的速度向東方飛去，過了幾分鐘，兩個光球會合，丁老師舉起雙手，對著天空高叫：「玉鳳、德超，是你們嗎？如果是，請顯示給我看！」

突然，兩個光球向左右分開，各自在天空翻了一個圓圈，然後兩個光球合為一體，用極快的速度向上飛去，幾秒鐘後，丁老師就看不見那光球了。

丁老師不自覺地跪了下去，仰首說：「玉鳳、德超，恭喜你們一同上了天國，你們是真正得到了永生！」

人文

愛的恩典之路

作　　者—王壽南
發 行 人—王春申
選書顧問—林桶法、陳建守
總 編 輯—張曉蕊
責任編輯—何宣儀
特約編輯—葛晶瑩
封面設計—蕭旭芳
內頁設計—菩薩蠻電腦科技有限公司

營 業 部—蘇魯屏、王建棠、張家舜、謝宜華
出版發行—臺灣商務印書館股份有限公司
23141 新北市新店區民權路 108-3 號 5 樓（同門市地址）
電話：(02)8667-3712　傳真：(02)8667-3709
讀者服務專線：0800056196
郵撥：0000165-1
E-mail：ecptw@cptw.com.tw
網路書店網址：www.cptw.com.tw
Facebook：facebook.com.tw/ecptw

局版北市業字第 993 號
初版：2022 年 4 月
印刷：沈氏藝術印刷股份有限公司
定價：新台幣 350 元

法律顧問—何一芃律師事務所

國家圖書館出版品預行編目(CIP)資料

愛的恩典之路／王壽南著 . -- 初版 . -- 新北市：臺灣商務印書館股份有限公司, 2022.04

256 面；　21×14.8 公分 . --（人文）

ISBN 978-957-05-3402-3（平裝）

863.57　　111002044